ÉMILE TROLLIET

La
Route fraternelle

PARIS

ALPHONSE LEMERRE, ÉDITEUR

23-31, PASSAGE CHOISEUL, 23-31

M DCCCC

La

Route fraternelle

DU MÊME AUTEUR

POÉSIE

LES TENDRESSES ET LES CULTES (Ghio, éditeur), épuisé.   1 vol.
LA VIE SILENCIEUSE (Perrin, éditeur). . . . .   1 vol.

PROSE

L'AME D'UN RÉSIGNÉ, roman (Perrin, éditeur) . . . . . .   1 vol.

SOUS PRESSE

MÉDAILLONS DE POÈTES CONTEMPORAINS (Essai de critique).

ÉMILE TROLLIET

La
Route fraternelle

FAC ET SPERA

PARIS

ALPHONSE LEMERRE, ÉDITEUR

23-31, PASSAGE CHOISEUL, 23-31

M DCCCC

SONNET LIMINAIRE

Riche d'illusions et vierge de souffrance,
Quand mes vingt ans sonnaient leur joyeux tintement,
Dans la forêt du rêve et de l'enchantement,
Extasié, je pris le sentier d'enivrance.

Et quand fanés au vent brutal qui les balance,
Tous les myrtes en fleurs de mon avril charmant,
Un par un s'effeuillaient mélancoliquement,
Solitaire, je pris le sentier du silence.

Mais dans l'air a passé comme un appel ami,
Et la vieille planète a brusquement frémi
Des nouvelles pitiés qui vont soufflant en elle.

Un siècle jeune et pur va tourner le coteau,
A toute brise aimante ouvrant son bleu manteau...
Et je prends avec lui la route fraternelle.

I

Vers l'Aube nouvelle

L'ANNONCIATEUR

Au jeune Esthète.

Poète, écoute-moi! Sois vraiment un poète,
— Un créateur d'Amour, — car vaine est la chanson
De ton souple clavier, si ton âme muette
Au bout de tes doigts fins ne met aucun frisson.

Déroule, si tu peux, en ton riche dictame,
La toile de ton rêve aux multiples splendeurs,
Des somptuosités récitant bien la gamme;
Mais surtout fais-nous lire au récital des cœurs.

Ne dédaigne pas tant nos douleurs et nos luttes;
Vigny quittait parfois son ivoirine tour,
Laisse aussi, par moments, ton atelier de flûtes;
Dans nos rangs viens souffrir, viens aimer à ton tour.

Aime d'abord, avant de composer un livre.
Veux-tu que ton poème, ardent et généreux,
Se grave au cœur de tous? commence par le vivre.
Écris-le pour toi, mais l'ayant vécu pour eux.

Aime : il sera brûlant de ces larmes brûlantes
Qui montent à leurs yeux de leur sein frémissant,
Et dans ton œuvre vraie aux pages ressemblantes,
Chacun se complaira, tous s'y reconnaissant.

Aime : il nous redira cette plainte éternelle
Qui monte des cités comme aussi des sillons,
Et la procession auguste et fraternelle
Des pauvres de Jésus, tout nimbés de rayons.

Aime : il sera suave ainsi qu'une caresse,
Aime : il sera charmant ainsi qu'une amitié,
Aime : il sera profond ainsi que la Tendresse,
Aime : il deviendra saint de la sainte Pitié.

Aime donc, tout est là. Sois un cœur, sois une âme,
Avant d'être une lyre avec des sons autour;
Aime le sacrifice à l'héroïque flamme,
Aime l'enthousiasme, enfin aime l'amour;

Et non pas cet amour issu de la névrose,
Cérébral et stérile encor plus que pervers,
Mais l'amour frais et pur comme un toucher de rose,
Créateur comme Dieu, grand comme l'univers,

Qui rapproche soudain les globes dans l'espace
Et les cœurs sur ce globe, et, chaînon merveilleux,
D'un soleil qui passait cette étoile qui passe,
Et du feu des yeux noirs la douceur des yeux bleus;

Et qui joint, par-dessus ou par delà les tombes
— Quand les prières sœurs aux vols purs et fervents
Dans les cyprès en deuil passent, blanches colombes —
A la tribu des morts la tribu des vivants.

Oh! de cet amour, sois comme le tabernacle;
Et pareil au candide et simple enfant de chœur
Chargé d'entretenir la lampe du cénacle,
Ne laisse pas mourir la lampe de ton cœur.

Ne laisse pas s'éteindre, aède, sous ta robe,
Ton culte pour le Droit qu'opprime en vain le fort;
Garde ta conscience immaculée et probe;
Sois un prêtre de l'Art,... mais du Juste d'abord.

Crois-moi, ce virtuose indifférent au Juste
— Fût-il triomphateur et fût-il éclatant, —
N'est pas le messager de la parole auguste
Qu'un nouveau monde, au seuil d'un nouveau siècle attend.

Celui-là seul vraiment sera l'élu des âmes,
Qui descendra des cieux comme un cygne idéal,
Non pour tremper son aile aux souillures infâmes,
Mais pour mieux nous guérir sachant mieux notre mal.

Il ira dans nos cœurs, plongeant au fond du gouffre,
Non pour cueillir nos pleurs et s'en faire un atour,
Mais pour tendre une main à tout être qui souffre,
Pour donner un baiser à tout meurtri d'amour.

Mélodieux berceur de cette époque amère,
Il prendra sur son sein la pauvre humanité
En lui criant : « Je t'aime, et je veux, ô ma mère,
Te consoler un peu, toi qui m'as enfanté. »

Clair annonciateur et pacifique archange,
Par qui sera des cieux le message porté
Aux bergers dans l'étable, aux vanneurs dans la grange,
A tous ceux, à tous ceux de bonne volonté.

Paix et louange à lui! Le monde encor l'ignore,
Mais comprend qu'il sera très doux et très humain.
D'une larme du Christ Eloa put éclore :
Des larmes de la terre il va naître demain.

LES DEUX LIGNÉES

A Monsieur et Madame Delzant.

I

Et Jésus dit : « Remets ton épée au fourreau :
Qui du glaive usera, périra par le glaive. »
Et le glaive pourtant a besogné sans trêve,
Et l'homme, tour a tour, fut victime ou bourreau.

Et Calvin, ce penseur, et Montluc, ce héros,
Des mêmes cruautés servent Rome ou Genève :
Et le brouillard de sang qui, des autels, se lève,
De l'église ou du temple obscurcit les vitraux.

Le monde garde au flanc sa ceinture de haine,
Et d'anneaux en anneaux, meurtre à meurtre, la chaîne
Va du sombre hérétique au rouge inquisiteur ;

Et cependant qu'entre eux la guerre s'éternise,
O doux maître incompris, ô pacificateur,
Ton cœur, de siècle en siècle, au calvaire agonise.

II

MAIS non, ô Rédempteur, tu n'es pas mort en vain !
Car les justes depuis, sentent dans leur poitrine
Fructifier le pain de ta blanche doctrine,
Et leur sein fermenter sous ton généreux vin ;

Et portant au méchant ton mot d'ordre divin,
Indulgent, inlassé, leur cortège chemine...
Ils parlent, et la joie enrichit la chaumine ;
Ils passent, et la paix fleurit l'âpre ravin,

Et Mélanchton d'Augsbourg avec François d'Assise,
Sur le seuil fraternel d'une idéale église,
Peuvent se rencontrer sans vouloir se bannir,

Car toi le fondateur de l'alme confrérie,
Tu leur as commandé de s'aimer, et d'unir
A l'homme de Sion l'homme de Samarie.

LES FEMMES DE JÉRUSALEM

A Marie-Louise et Émilie T...

I

LA sentence est rendue... et le drame commence;
Et le Juste, escorté d'une foule en démence,
A pris du Golgotha le montueux chemin.
Tous à la tragédie inique ont mis la main.
Kaïphe a fait le coup; Pilate a laissé faire;
Et le Romain poltron, et le Juif sanguinaire,
Comme l'on pousserait un agneau vers les loups,
Abandonnent le Sage à la fureur des fous;
Et sur l'humaine hostie, à défaut de morsures,
Jaillissent les crachats et pleuvent les injures.
Cortège de bourreaux, partout. Mais les amis,
Où sont-ils? Simon Pierre avait pourtant promis
Au Maître le secours d'une fidèle épée;
Mais d'un vulgaire acier son âme encor trempée
A l'heure du combat déserte le drapeau :
Loin des autres brebis, meurt le chef du troupeau;
Et lorsqu'il va suant sa suprême agonie,
Celui-ci s'est caché, celui-là le renie.

Et toi le plus aimé parmi les Douze, Jean,
Qui souvent reposas sur son cœur indulgent
Ta tête harmonieuse aux purs bandeaux de vierge,
On ne voit pas encor que ton visage émerge
Sur le fauve océan de ces sinistres fronts,
Comme un sourire éclos au milieu des affronts.
Et toi, Lazare, et toi, pitoyable fantôme,
As-tu déjà revu le nocturne royaume
D'où l'ami lumineux et bon te rappela ?
Ou si tu vis encor, pourquoi n'es-tu pas là ?
Et lorsque la victime échouait accablée
Sous la croix, qui de vous, pêcheurs de Galilée,
Offrit son bras loyal, plutôt que d'en charger
Le mercenaire bras d'un passant étranger ?
Ne méprisez pas tant l'Iscariote infâme ;
L'or a tenté sa main, mais la peur prit votre âme ;
Et trahissant le Maître autrefois adoré,
Si lui seul l'a vendu, vous l'avez tous livré...
Mais où l'homme a failli, la femme sera forte.

II

Dans les sombres reflux de sa haineuse escorte,
Le douloureux marcheur, par intervalles, sent
Une ombre qui le suit, au pas compatissant,
Et, comme le rayon d'une invisible étoile,
Un regard affligé, qui pleure sous un voile.
Il sent tout près de lui, fugitives douceurs,
Ou sa mère divine, ou ses terrestres sœurs.

Mais le sang, de son front tout déchiré d'épines,
Coulait sur son visage en taches purpurines.
Alors, des rangs du peuple, on vit soudain sortir
Une femme, qui vint tout droit vers le martyr ;
Et simplement, d'un voile elle essuya la face.
Efface la souillure, ô Véronique, efface ;
Car ces gouttes de sang, ces gouttes de sueurs,
Deviendront sur ton nom d'immortelles lueurs ;
Et ce morceau d'étoffe où désormais s'imprime
En intangibles traits le visage sublime,
Humble, resplendira plus adorablement
Que l'éclatant peplum de Pallas, car vraiment
Ton emblème vaut mieux que l'emblème hellénique.
« Orgueil » disait Pallas ; « Pitié » dit Véronique.

III

Mais le porteur de croix, sous son pesant fardeau,
Une nouvelle fois tombe. Un groupe nouveau
De femmes, affrontant les soldats et les armes,
S'approcha de Jésus, et répandit des larmes,
Car leur cœur de sanglots fut soudainement plein
Devant ce lamentable et sanglant pèlerin ;
Et sur cette torture entrevue au passage,
Sur l'errante victime au résigné visage,
Elles pleuraient. Si tel était le châtiment,
Quel crime pesait donc sur cet homme ? et comment,
Et pourquoi sur un seul à la face honnie
Retombait tant de haine et tant d'ignominie ?

Elles ne savaient pas, elles ne jugeaient pas ;
Elles pleuraient. Jésus vers elles fit un pas.
« Ne pleurez pas sur moi, pleurez sur votre ville »
Leur dit-il, car déjà de cette cité vile
Qui le faisait mourir, il prévoyait la mort,
Et d'Israël détruit l'impitoyable sort.
Courbe, Jérusalem, ta criminelle tête,
Car si proche est le coup, si sûre est la tempête,
Qui du haut de tes tours doit te précipiter,
Que tu ne saurais plus désormais racheter,
O ville réprouvée entre toutes les villes,
Le forfait de tes fils par les pleurs de tes filles.
Mais ces pleurs toutefois ne coulent pas en vain.
Pour avoir été douce au paria divin,
La Juive, en tout pays, toujours restera belle.
Grâce et pardon d'un peuple à la Pitié rebelle,
Partout elle verra ses pleurs inoubliés,
Sur son cou s'égrenant en précieux colliers
Devenir sa parure aux rives étrangères ;
Immortels diamants, ces larmes passagères
Seront sous tous les cieux, par toute nation,
Vos joyaux de l'exil, ô femmes de Sion !

IV

Le Christ jusqu'à la lie a vidé son calice ;
Et le supplicié sur le bois du supplice
Va mourir. C'est alors qu'en un cruel moment
De détresse, levant les yeux au firmament,

Vers son Père lointain et la nature vide,
Il laissa s'échapper de sa bouche livide
Ces mots : « Mon Dieu, pourquoi m'avoir abandonné ! »
Mais comme retombait son front, le condamné,
Du regard que filtraient ses paupières mourantes,
Sous la croix aperçut trois figures pleurantes,
Trois grands deuils par sa mort produits et rapprochés,
Et sur ce dur calvaire aux stériles rochers,
Trois sources de pitié ruisselante, intarie.
Il les connaissait bien : c'étaient les trois Marie :
Celle que du doux nom de mère il appela,
Et celle qui grandit au bourg de Magdala,
Et celle qui naquit au bourg de Béthanie.
Douces comme un tercet de quelque litanie,
Elles laissaient monter vers le cher mutilé
Le souffle alternatif, de leur âme exhalé.
O triple fleur d'amour à la pieuse haleine !
Chacune à sa façon parfumait. Madeleine,
La femme aux blonds cheveux, les déroulait encor
Sur les genoux du Christ ainsi qu'un linceul d'or ;
Et la sœur de Lazare, en extase, en silence
Regardait ; et le sein percé d'une âpre lance
Vous connûtes alors, Reine des Sept Douleurs,
L'infini des pitiés et l'infini des pleurs !
L'agonisant alors eut l'âme rafraîchie,
De voir cette suave et touchante élégie
Qui s'enlaçait autour de l'arbre de la croix ;
Et le Fils, oubliant ses terribles effrois,
Trouvait doux maintenant de s'en aller au Père,
En des soupirs de sœurs et des larmes de mère.

Il voulut s'acquitter par un paiement divin;
Et comme Jean lui-même apparaissait enfin,
Il prononça ces mots qui firent que la femme,
Jusque-là vaine idole ou marchandise infâme,
Au rang de l'être humain élevée à son tour,
Méritât désormais le respect et l'amour :
« Mère, voici ton fils; ô fils, voici ta mère! »

V

Socrate, réponds-moi, quand la ciguë amère
Jusqu'en ton cœur glacé fit descendre la mort,
Et quand partit ton âme, en un suprême accord,
Pourquoi donc écarter la femme, comme indigne
D'assister à l'adieu du sage, au chant du cygne?
En cela tu faillis, ô subtil précurseur;
Et pour cela surtout, tes rêves de penseur,
Tes symboles si purs, tes souffles si sublimes,
De l'humaine forêt n'ont touché que les cimes.
Tu n'es pas descendu jusqu'à ses profondeurs,
Où germe l'avenir dans l'humble sein des fleurs;
Et la femme manquant à ton œuvre féconde,
Sais-tu ce qui manquait? c'est la moitié d'un monde.
Mais Jésus, pour bâtir son souple monument,
Comprit bien que des pleurs il fallait le ciment,
Que la femme avait place en sa future Église,
Qu'elle serait la grâce où Pierre était l'assise,
Et que rêvant un temple, il devait l'étayer
Sur la svelte colonne unie au fort pilier,

Afin que sa maison, vivante symphonie,
Aux cœurs pacifiés enseignât l'harmonie !...
Une veilleuse luit sous vos nefs nuit et jour,
Cathédrales du Christ : c'est l'Étoile d'Amour !

DIPTYQUE MÉDITERRANÉEN

A dona Andriano.

I

MER, l'histoire du monde est écrite en ton sein!
Ton domaine est borné, mais ta gloire est unique,
Car la rive romaine et la rive hellénique
D'un cercle de splendeur encadrent ton bassin.

Des caps au nom sacré dentellent ton dessin,
Car près d'eux ont rêvé Platon, prié Monique,
Et tes poètes à la chantante tunique
Ont empli l'univers de leur sonore essaim.

Sur tes eaux cheminait l'Harmonie en voyage;
Et tes pages d'azur, comme un divin missel,
D'un Homère ont gardé le conte universel;

Et l'Atlantique fier serait encor sauvage,
Et le grand Pacifique encor serait cruel,
Si l'étoile Idéal n'eût lui sur ton rivage.

II

Rien d'exclusif pourtant. — Un matin sur tes flots
Sous un ciel d'Élysée, en rade de Marseille,
Un passager chanta — c'est Dieu qui le conseille —
La chanson qu'à Paimpol disent les matelots;

Et cet air, traversé de rêve et de sanglots,
Et de si loin venu si doux à notre oreille,
Nous montrait qu'en tout lieu l'âme humaine est pareille,
Et de pleurs fraternels mouillait nos yeux mi-clos.

O sainte parenté de l'aède et du barde!
Et là-haut, mère et sœur, la Dame de la Garde
Sourit de sa colline à la Dame d'Auray;

La romance bretonne, au soleil fredonnée,
Rapproche en un moment les pôles, et paraît
Unir à l'Océan la Méditerranée.

LE LAC DE GÉNÉSARETH

A Madame M.-A. Lanusse.

I

Lac si loin de nos yeux et si près de notre âme,
  Le plus aimé, le plus sacré d'entre les lacs,
Vers ta sérénité toute l'angoisse clame
De notre nef plaintive aux chancelants tillacs.

Nous avons respiré l'haleine de tes plages
Dans l'Évangile, car il nous serait moins pur,
S'il n'avait pas baigné ses plus naïves pages
Dans la suavité fraîche de ton azur.

Nous avons reconnu dans sa candeur sereine
Un fraternel reflet de tes candides eaux,
Et dans ses doux versets, la chanson riveraine
Que la brise, en passant, module en tes roseaux.

Jésus trouva l'idée, et tu fis la musique,
Composant tous les deux, sur un rythme touchant,
Toi, pacifique flot, et Lui, cœur pacifique,
L'inoubliable Livre à l'ineffable chant.

Et c'est pourquoi le Livre en fidèle interprète,
Nous parlant de Jésus, nous parle aussi de toi;
Et le musicien, près du divin poète,
Eut place en notre amour comme dans notre foi.

Nous revoyons tes eaux comprenant son sourire,
Et quand les vents du ciel te courrouçaient parfois,
Sa majesté tranquille aplanissant ton ire,
Et les pêcheurs tremblants rassurés à sa voix;

Tes poissons, pour nourrir les pâles multitudes,
Aux mailles du filet retenus prisonniers,
Et, muets serviteurs de ses mansuétudes,
Constellant tout à coup les corbeilles d'osiers;

Et sur tes riches bords la vie industrieuse,
Le gai Capharnaüm, la douce Magdala,
Et d'autres cités sœurs la couronne rieuse,
Fleurons dont ton écrin jadis étincela;

Et tendant sa corolle à ton eau cristalline,
Le lys des champs voisins, plus beau que Salomon,
Et, dévalant vers toi, la montagne ou colline,
Où le monde entendit le merveilleux Sermon!

Et le monde est depuis coutumier de tes ondes;
Et ton lointain ovale avec ses fins contours,
Est tracé dans nos cœurs, intimes mappemondes...
Sans t'avoir jamais vu, je t'ai connu toujours.

O lac prédestiné — ta forme est d'une harpe —
Calice musical, innombrable chanteur,
Israël à son flanc te portait en écharpe
Pour qu'on y vînt jouer l'hymne annonciateur;

Pour qu'un divin passant te jetant au passage
Toujours la même note : « Aimez-vous, aimez-vous! »
L'avenir entendit à jamais le message
Répété sur tes flots inoublieux et doux.

Lac qui donnas la vie et rénovas l'histoire;
L'univers se mourait dans sa fange enlisé.
Tu fus le bain sauveur et purificatoire :
C'est Dieu qui l'a guéri, mais tu l'as baptisé.

Humble commencement de la source en voyage
Qui, s'ouvrant un rapide et débordant chemin,
Devait bientôt couvrir, sans borne et sans rivage,
De ses flots rajeunis tout le vieux genre humain;

Humble mer d'où partit, monté par un pilote
Et les Douze, un esquif, navicule d'amour,
— Mais l'ancienne flottille est aujourd'hui la flotte,
Et le fragile esquif du monde a fait le tour! —

Pourquoi nous souris-tu d'une fraîcheur si neuve,
Et pourquoi n'est-il pas, sous le ciel vaste et pur,
D'océan magnifique et de superbe fleuve
Qui me semble aussi beau que ta coque d'azur?

II

O les eaux, les eaux charmeresses !
Elles ont la couleur des cieux,
Et puis, les changeantes caresses
Des tendres yeux humains, des yeux !
Elles sont la splendide robe
Qu'une main jeta sur le globe,
Ou le cadre ornant le tableau ;
Car Dieu, pour bordure à la grève,
Cherchant une teinte de rêve
Inventa ce bleu qui fut l'eau.

O les eaux, les eaux créatrices,
Ces mères, malgré leurs récifs,
Merveilleuses institutrices
Des grands hommes aux fronts pensifs !
Combien de poèmes sublimes,
Jaillis du fond de leurs abîmes,
Aux cerveaux humains sont éclos !
Et combien de jeunes Moïses,
Songeant à des Terres Promises,
S'endormirent au bruit des flots !

Quelle cité du grand Homère
Fut le berceau ? Ne cherchez pas,
Car c'est l'onde qui fut sa mère ;
Et de la naissance au trépas,
Il ramassa, le long des plages,
Des rêves ou des coquillages
Pour bâtir, féeriques palais,
L'Iliade avec l'Odyssée,
Double architecture laissée
Par ce marin sur les galets.

Un tout petit golfe illumine
L'histoire entière de l'Hellas ;
Éteignez ce nom : Salamine !
Et dans la cité de Pallas
Du coup s'éteindrait une étoile.
Eschyle en sa tragique toile
Mit le sourire des flots bleus...
Et des frêles Océanides,
Vers le Titan aux fers rigides,
Montait le doux vol onduleux !

La fleur des eaux... c'est une Idée.
Le cap Sunium vit, dit-on,
Sur la grève d'azur brodée,
La république de Platon,
Grandir, lumineuse et fragile.

Ton chalumeau d'or, ô Virgile,
Près du Mincio fut coupé;
Et Lamartine n'est qu'un cygne
Qui vogue vers la gloire insigne,
Des eaux d'un lac encor trempé.

Et de Victor Hugo la lyre
Vibra-t-elle jamais autant
Que dans la tempête en délire
Sur son rocher, exil flottant?
Camoëns au fond d'une barque
Trouva son génie; et Pétrarque,
Pèlerin au cœur tourmenté,
A Vaucluse arrêtant sa course,
Cueillit sur les bords d'une source
La tige d'immortalité.

Théocrite est né dans une île,
Et son églogue a le reflet
Des mers riantes de Sicile;
Et dans une île est né Shelley.
Vogue, ô britannique chaloupe,
Avec tes penseurs à la poupe
Et tes poètes sur le pont;
Et quand pleure ou rit à la barre
Ton Shakspeare, divin barbare,
La terre en longs bravos répond.

Paris lui-même est un navire
Éternellement ballotté,
Fier de doubler, sans qu'il chavire,
Tous les caps de la liberté,
Toujours battu par les orages,
Mais toujours vainqueur des naufrages ;
Et la Loire, amoureuse d'art,
Volait, nonchalante et jolie,
Le Primatice à l'Italie
Et souriait au vieux Ronsard.

Le Xanthe à l'aspect ridicule
Est connu de tout l'univers ;
C'est que ce fleuve minuscule
Roula moins de flots que de vers.
Sur le Rhône et sur la Garonne,
Troubadour, verdit ta couronne ;
Voyez le Tibre !... il est mesquin ;
Voyez son rôle... il est immense ;
Et de héros il ensemence
L'austère sol républicain.

Sur les berges du Nouveau-Monde
Châteaubriand, songeur hautain,
Enrichit au souffle de l'onde
Son imaginatif butin,
Puis voulut dormir, sombre archange,

Au sein des sombres mers. Le Gange
Raconte aux brahmes accroupis
L'hymne Védique intarissable ;
Et le Nil fait jaillir du sable
Les grands sphinx près des grands épis.

III

Mais toutes ces eaux-là, toutes ces vastes urnes
Versant aux fils de Sem, de Cham ou de Japhet
Les inspirations claires ou taciturnes,
Ne sauraient te valoir, lac de Génésareth.

Amphores au grand col, où burent tant de lèvres,
Elles tentaient leur soif sans l'étancher jamais ;
Breuvages décevants pour les brûlantes fièvres,
Elles versaient un philtre... et tu verses la paix ;

Car l'amour égoïste ou l'orgueil éphémère
Au clavier de leurs flots ont tour à tour chanté ;
Mais sur toi, brise douce en cette vie amère,
Un souffle se leva d'immortelle bonté ;

Une fleur émergea de ton eau calme et lisse,
Pour tous épanouie, et non pour quelques-uns,
Mystique nénuphar au bienfaisant calice,
Emplissant l'univers de suaves parfums.

De ces larges cours d'eaux à la sonore grève,
Neuf Muses au front blanc sortirent tour à tour;
Mais de tes flots obscurs une étoile se lève,
L'étoile d'Amour vrai, d'incomparable Amour.

Tu n'es qu'humilité quand ils n'étaient que gloire;
Mais un immense espoir jaillit de tes roseaux,
Et dans ton pur bassin vient également boire
L'âme des nations ou le bec des oiseaux.

Leurs pêcheurs poursuivaient sous les fuyantes lames
La perle d'émeraude ou le poisson d'argent,
Mais aux tiens quelqu'un dit : « Soyez des pêcheurs d'âmes»
Et Pierre demeura pensif ainsi que Jean.

Leurs matelots hissaient des pavillons superbes,
Mais n'entrevoyaient pas le port spirituel;
Une barque sur toi glissait entre les herbes,
Lorsqu'une voix cria : « Nous cinglons vers le ciel.

« En vérité, je vous le dis, c'est vers le Père
Qu'il nous faut désormais tourner le gouvernail;
C'est là qu'est la patrie et le point de repère,
Courage, mes brebis, nous allons au bercail.

« Courage, mes agneaux, dont la souffrance crie,
Vous tous, les mendiants, les boiteux, les lépreux,
La maison de mon père est une bergerie
Ouverte aux affamés ainsi qu'aux douloureux.

« Courage, pèlerins de l'humaine vallée ;
L'exil était amer, et les bagages lourds ;
Mais voici que ma nef, d'espérance étoilée,
Vous remmène au pays sur des eaux de velours.

« Voyageurs attablés dans la terrestre auberge,
Levez-vous, sans regret et sans funèbre adieu ;
J'ai vu luire, là-bas, un phare sur la berge ;
Et nous appareillons au royaume de Dieu. »

Et la barque écoutait la neuve barcarolle ;
Et de toute souffrance harmonieux berceurs,
Les doux mots, s'égrenant en quelque parabole,
S'en allaient de son âme aux multitudes sœurs ;

Les doux mots s'égrenant, hors de la nouvelle arche,
Prenaient leur vol aimant vers des milliers de maux,
Et portaient, tendre essaim de colombes en marche,
Aux quatre coins du ciel des milliers de rameaux.

IV

Arche où sont appelés tous les hommes ; nacelle
Qui se remplit toujours et jamais ne chancelle,
Sur l'Océan du monde église universelle ! !

Et toi, lac, où flotta l'esquif galiléen,
Et qui réfléchissais, miroir marmoréen,
Le visage si beau du blond Nazaréen ;

3.

Toi qui vis l'âge d'or de l'ère évangélique,
Du sombre Golgotha le prélude idyllique ;
Car le drame ne vint qu'après la bucolique ;

O suave matin d'un midi si brûlant,
Qu'il dut te regretter, le martyr pantelant,
Sous les traits du soleil, archer étincelant,

Quand sur l'horrible croix de son sang arrosée,
Il cherchait, vainement, pour sa lèvre embrasée,
Comme un suprême don, la goutte de rosée ;

Et, lorsque se mourant, honni de tous, parmi
Le rire indifférent ou l'outrage ennemi,
Il se tournait vers toi, toi son premïer ami !

Aussi tu m'es plus cher que le Calvaire même,
Car j'y vois le rachat, mais aussi l'anathème,
Et sur un peuple entier retomber son blasphème,

Car l'ombre lumineuse et douce du héros,
Ne saurait m'y cacher le spectre des bourreaux...
Mais nul forfait, ô lac, ne m'enlaidit tes eaux.

Nulle expiation ne planera fatale
Sur le calme vallon où ton sommeil s'étale.
Dors, car elle est en paix, ta couche orientale.

Sur ta robe d'azur pas de tache de sang ;
Dans tout ton horizon où le crime est absent,
Le cœur de Judas même est encore innocent.

Lac que n'a pas touché la déloyauté noire,
Source pure où toute âme en sûreté peut boire,
Inviolable coupe, immaculé ciboire,

O Saint-Graal trop lointain, puisque jamais, je croi,
Timide voyageur, je n'irai jusqu'à toi.....
Sur l'aile de la brise, ô fraîcheur, viens à moi !

Oh ! viens rasséréner mon cœur mélancolique,
Et sur mon existence ou privée ou publique,
Mets de tes divins flots le rythme pacifique;

Baigne ma conscience en ta limpidité;
Et quand je descendrai vers la tombe emporté,
Donne-moi de mourir dans ta sérénité !

SOEUR D'ÉLECTION

O ma sœur d'idéal, puisque tout lys s'abuse,
S'il n'a le goût du ciel au terrestre sillon,
Puisqu'un sourire est vain qui n'est pas un rayon...
      Soyez la muse !

O ma sœur de pitié, puisqu'il est un royaume
De secrètes douleurs pour tous, et que chacun
Rêve une Madeleine épandant son parfum...
      Soyez l'arôme !

O ma sœur de clarté, puisque aujourd'hui se voile
La route du nocher·sur l'océan humain,
Et que le juste même ignore son chemin...
      Soyez l'étoile !

O ma future sœur de la céleste enceinte,
Puisqu'un amour n'est rien s'il n'est l'éternité,
Et qu'il faut conquérir l'immortelle Cité...
      Soyez la sainte !

LES SEPT CORDES DE L'HARMONIE

A l'idéale Amie.

I

Ce fut au bord des flots que nous communiâmes,
Des flots céruléens comme un tapis d'autel ;
Pour la première fois, ce fut là que nos âmes
Partagèrent, devant l'Océan solennel,
Le pain de la Tendresse avec le vin du Rêve ;
Et je mis, n'osant pas vous parler de la voix,
— Tremblant aveu des mains que le regard achève —
Mes doigts au clavier de vos doigts.

II

Et les neiges plus tard, comme des pains azymes,
Nous attirant d'en haut par leur vierge blancheur,
Le rendez-vous des mers au rendez-vous des cimes
Faisait place..... et tous deux, montant vers la fraîcheur,
Nous grimpâmes joyeux sur l'Alpe souveraine ;
Et vers la source claire où trempaient vos pieds las,
Et dont le chant ami par les ravins s'égrène,
Mes pas escortèrent vos pas.

III

Une autre ascension et d'autres harmonies
Tentaient la voyageuse avec le voyageur
Qui gravissaient, épris des doux et fiers génies,
Le coteau du Poète et le mont du Penseur.
Nous lûmes recueillis au livre de sagesse
Où des plumes de cygne et d'aigle avaient écrit;
Et vers leurs mots dorés, astres de ma jeunesse,
    Mon esprit guida votre esprit.

IV

Mais nos larmes, parfois, en baignèrent les pages...
Et comme des anneaux d'invisibles colliers,
Une à une perlant sur nos pâles visages,
Ce sont elles surtout qui nous tiennent liés
De leurs brûlants replis et leurs tendres spirales.
— La chaîne indissoluble est la chaîne des pleurs! —
Nous goutâmes au miel des pitiés sororales,
    Ma douleur baisant vos douleurs.

V

Nous goutâmes au miel des pitiés secourables;
Et pauvres tous les deux nous avons trouvé doux
De nous rejoindre au seuil des logis misérables,
Et de rendre visite aux plus pauvres que nous.
La Charité passait : nous n'avions qu'à la suivre;
Et dans son escarcelle au tintement humain,
—Parmi les pièces d'or tombaient nos sous de cuivre—
    Ma main rencontra votre main.

VI

Puis, aux plaines du ciel, durant les nuits d'attente,
Dans l'innombrable essaim des astres radieux,
Nos deux cœurs ont choisi pour leur unique tente,
Non le plus éclatant, mais le plus près des dieux
Peut-être... et chaque soir, vers l'Étoile polaire,
Guide immuable et sûr des marins anxieux,
— Elle n'est pas la froide, étant la tutélaire —
    Mes yeux ont devancé vos yeux.

VII

Jusqu'à l'heure sacrée — ou lointaine ou prochaine —
Du rendez-vous sans fin, du départ sans retour,
Où libérés du corps, geôlier qui nous enchaîne,
Nous nous évaderons au stellaire séjour;
Et, comme un chevalier s'empressant vers sa dame,
Au seuil d'une villa des célestes Sions,
Sous les orangers d'or des constellations,
    Mon âme accueillera votre âme.

AU SOIR DES CATASTROPHES

A Madame la Vicomtesse F. de Janzé.

I

CONSTELLATION NOUVELLE

OR, ce soir-là, je vis des étoiles nouvelles
   Au-dessus de Paris s'allumer dans les cieux ;
Et, gerbe d'or mêlée aux divines javelles,
Pointer, inattendus, leurs épis radieux.

D'un terrestre brasier, aux sphères éternelles
Montait, montait leur vol brûlant et gracieux ;
Et c'étaient des rayons, mais aussi des prunelles,
Car leur chaudes lueurs ressemblaient à des yeux.

Épouses, mères, sœurs, ce florilège d'âmes
Jaillissait dans l'azur sous le baiser des flammes,
Du mystique rosier qu'on nomme Charité.

Dieu, qui métamorphose en gloire la souffrance,
Avait, au riche écrin de ses nuits, ajouté
La constellation de tes femmes, ô France !

4 mai 1897. (*Incendie du* Bazar de la Charité).

II

LE TOCSIN DES PITIÉS

L E « bazar » fume encor que la vague débonde :
C'est le flot du déluge après le feu d'enfer ;
Et l'ouvrier regarde — ô spectateur amer ! —
Le pain de ses enfants fuyant au fil de l'onde.

La gelée, un matin, rend la vigne inféconde,
Et la tempête, un soir, rend barbare la mer ;
Et les quatre éléments : l'air, l'eau, le feu, le fer,
Livrent bataille à l'homme aux quatre coins du monde.

Mais, en vain, le fléau prend l'usine ou l'esquif,
Il n'aura pas raison de l'homme, être chétif,
Dont le front est sublime et l'âme débonnaire ;

Et quand l'orage éteint la chanson des métiers...
Plus haut que le fracas des eaux et du tonnerre,
Sonne au clocher du cœur le tocsin des pitiés.

Juin, 1897.

4

LE BANQUET DE L'IDÉAL

A mes collaborateurs de la Revue idéaliste.

JE bois à l'Idéal, le chef de notre troupe,
  L'ami sublime et doux qui nous a réunis,
L'échanson radieux qui verse en notre coupe
Le vin des fiers pensers, des rêves infinis !

Et je bois à tous ceux qu'il invite à sa table,
Aux compagnons lointains qui ne sont pas venus,
Mais désirent aussi son froment délectable,
Et nous sont fraternels sans nous être connus,

A ceux dont la pensée est notre commensale,
Et qui d'un haut amour dans l'humble foule ont faim,
Et sans être à cette heure en cette même salle,
Par l'esprit, avec nous, rompent le même pain.

Le mets de l'idéal est leur, autant que nôtre,
Et cet amphitryon, au cœur large et fervent,
Unit dans ses festins l'artisan et l'apôtre,
Et, comme le poète, accueille le savant.

Car le savant lui-même est un idéaliste;
Et Newton ou Kepler ne savaient pas en vain
Le nombre des soleils et des astres la liste,
Agrandissant ainsi l'empire du divin.

Pasteur scrutait l'atome et guérissait la terre;
Mais devant le grand sphinx il courbait les genoux :
« D'un côté le certain, de l'autre le mystère »
Disait-il humblement!... Il est donc avec nous.

Avec nous est aussi quiconque estime, espère,
Que le ciel continue où la terre finit,
Et qu'il est par delà notre chétive sphère
Un lieu qui nous recueille, un Dieu qui nous unit;

Et qu'où meurt le réel, c'est le vrai qui commence,
Et que de toutes parts le cachot corporel,
Comme un îlot perdu dans une mer immense,
Baigne dans l'invisible et le surnaturel.

Avec nous les marins, — ô pensive flottille! —
Qui sur cet océan s'embarquèrent un jour,
Rapportant pour butin à l'humaine famille,
Cette perle, Justice, et cette étoile, Amour;

Les hardis passagers dont la nef tint à gloire
De faire longue escale à l'extrême confin
De ce mystérieux et subtil promontoire
Où la matière expire au rivage divin.

Avec nous, avec nous les trouveurs de pensée,
Les éveilleurs d'idée au souffle généreux,
Dont l'âme magnifique et désintéressée
Pour les autres semaient sans moissonner pour eux;

Avec nous... ou plutôt, de ce banquet insigne,
Ils seront les élus, nous serons les servants :
Qui de nous, du festin se croirait déjà digne?...
Que les morts soient ici fêtés par les vivants.

II

Ah! quels illustres morts tout rayonnants de vie,
D'Anaxagore à Kant, de Socrate à Chénier,
A cette table sainte où l'Idéal convie,
Reviennent devant nous ce soir communier.

Hormi les exclusifs, nous n'excluons personne;
Quel que soit du convive ou l'habit ou la foi,
Il peut entrer, pourvu que son être frissonne
D'un pur enthousiasme et d'un sublime émoi.

Entre au banquet, Pascal, toi martyr de ton âme,
Toi, mort avant le temps, les yeux levés au ciel,
Et les deux bras croisés sur ton grand cœur de flamme,
Où le doute et la foi menaient leur long duel.

Mais ne t'étonne pas, exalté catholique,
Si ton calme voisin n'est pas même chrétien :
C'est le juif d'Amsterdam sous sa maigre tunique,
Roulant son large rêve où tout l'univers tient.

Entre, Augustin d'Afrique, avec Platon d'Athènes,
Bâtisseurs différents de rivales cités;
Mais tous deux regardiez du haut des tours hautaines,
S'avancer pas à pas d'autres humanités.

Tous deux, diversement éclaireurs de la route,
Pressentiez dans la nuit le jour qui revenait,
Et quand fait le passé sa sombre banqueroute,
Sur les coteaux prochains le soleil qui renaît.

Entre aussi, Marc-Aurèle! Avec toi, magnanimes,
Ceux que tu fis martyrs aimeront à s'asseoir;
A leur persécuteur pardonnent les victimes,
Car ton cœur était pur ainsi qu'un ostensoir.

De même que la leur, ta mission fut grande;
Eux et toi poursuivant un inégal chemin,
Donniez pareillement votre vie en offrande,
Eux pour le Créateur, toi pour le genre humain.

Idéal! Idéal! C'est là ton doux génie;
Entre ceux que la pourpre ou l'auréole a ceints,
Tu refais l'union, tu remets l'harmonie,
Et les sages, par toi, sont rapprochés des saints.

Seul, ton triclinium a la porte assez haute
Pour accueillir l'esclave avec l'imperator;
Comme les Antonins, ne fut-il pas ton hôte,
Cet Epictète, au cou portant la chaîne encor?

Près des penseurs, venez, ô groupe des poètes,
Car vous aviez au cœur le riche floréal
Des divines amours, et c'est pourquoi vous êtes
Le bouquet désigné d'un banquet idéal.

Prends la place d'honneur que chacun te concède,
Sublime Homère, et vois la terre te bénir;
Le philosophe encor a des fleurs pour l'aède,
Mais c'est pour t'honorer, non plus pour te bannir.

Vieux Corneille, sieds-toi tout près du vieil Eschyle,
Car vous montrez tous deux l'idéal du devoir,
Et mets-toi, doux Racine, auprès du doux Virgile;
L'idéal de l'amour, tous deux le faites voir.

De quel lac virginal, de quelle chaste rive
Descend vers nous ce cygne au sillage ondoyant?
Harmonieux passant, sur les flots il arrive :
Sa voix est d'un prophète et ses yeux d'un voyant.

C'est Lamartine... et nul parmi les fils de l'homme,
Prodiguant doublement ses dons aux malheureux,
De l'or matériel ne fut moins économe,
Et de l'or de son cœur ne fut plus généreux.

Place à lui ! mais aussi place à François d'Assise
Tendre au pauvre en haillons, à l'oiseau dans l'azur,
Rêvant d'une suave et séraphique église
Qui n'aurait qu'un grand cœur et n'aurait pas de mur.

Place à Vincent de Paul, cet autre oiseleur d'âmes,
A saint Jean Bouche-d'Or, le moine Bysantin
Qui déployait son froc sur les cités infâmes
Et pour l'éternité cueillait le pur butin ;

A tous les grands vaincus d'une cause idéale :
Colomb chassé des cours, ballotté sur les mers,
Jeanne d'Arc au bûcher, la chrétienne vestale,
Morus sur son gibet, Galilée en ses fers.

Et surtout place à toi, leur guide d'âge en âge,
Qui dirigeais leurs pas vers les chemins meilleurs
En disant : « Renoncez au terrestre partage ;
L'héritage est plus haut ; la maison est ailleurs. »

Toi qui te promenais dans les bourgs de Judée,
Vagabond pauvre en tout sauf en amour, semant
Sur l'avare terrain la merveilleuse Idée
Qui lèverait un jour en immortel froment.

O roi de l'idéal et prince du symbole,
Toi qu'au nom de la *lettre* ils ont fait mourir, toi
Qui greffais ta vivante et douce parabole
Sur l'arbre desséché de la rigide loi ;

Daigne à notre banquet venir, fils de Marie !
Maître, comme à Cana, change l'eau fade en vin,
Car la liqueur ardente est de nouveau tarie ;
Dans l'amphore des cœurs l'échanson puise en vain.

Reparais donc soudain au milieu des convives,
Et redis, partageant le pain avec le sel :
« La Justice et l'Amour sont les deux sources vives :
En bas, l'agape ; en haut, le Père universel. »

UN MOT DIVIN

A Monsieur et Madame Marillier.

HÉLÈNE se connaissant vile,
    Sous l'affront de toute une ville,
Fléchit, comme un lys contristé;
Mais Hector arrêtant l'outrage,
— La clémence est sœur du courage —
Disait : Pardon pour la beauté!

Socrate a bu l'amère coupe;
Et de ses disciples le groupe
Frémit, sourdement révolté
Contre les lois et la patrie;
Mais le maître en mourant leur crie :
Amis, pardon pour la cité!

Christ avait soif dans l'agonie,
Et les passants, par ironie,
Tendaient aux lèvres de bonté
L'éponge de fiel et d'injure ;
Mais le Fils au Père murmure :
Pardon pour leur humanité !

Le héros, le sage et le juste,
Ont laissé de leur bouche auguste,
Tomber comme un suprême don,
Ou comme une leçon suprême,
Le même mot, toujours le même,
Le grand consolateur : Pardon !

LE VRAI MOT DIVIN

Eh bien, non, j'avais tort... et j'oubliais en vain
Le principe de tout et le prince des mondes,
Le roi des tendres cœurs et des planètes blondes,
L'*Amour* : lui seul, lui seul reste le mot divin ;

Car le *Pardon* guérit, mais c'est l'*Amour* qui crée ;
En nos blessures, l'un comme un baume descend ;
C'est la goutte de miel sur la goutte de sang ;
Mais l'autre à flots pressés jaillit, sève sacrée.

« Mon Dieu, pardonnez-leur ! » — Longtemps avant le jour
Que cette alme parole eût fleuri l'arbre infâme
De la croix, aux roseaux d'un lac cher à son âme,
Jésus avait appris cette musique : « *Amour !* »

Et les douze pêcheurs, même avant d'être apôtres,
Quand l'Évangile exquis de ses lèvres coulait,
Retenaient, douce proie au fond de leur filet,
Ce vocable inconnu : « S'aimer les uns les autres. »

Oui! quand il rédigeait d'une infaillible main,
De sa future loi les tables de lumière,
Il inscrivit d'abord à la page première,
Ce mot le plus divin, puisque le plus humain,

Amour... aube des cœurs, et des bouches dictame,
Et qui, révélateur suave et triomphant,
Met le premier sourire aux lèvres de l'enfant,
Et les premiers aveux aux lèvres de la femme;

Amour, froment des saints, breuvage des héros,
Et dont la table auguste au multiple service,
Offre aux Vincents de Paul le mets du sacrifice,
Tout en versant le vin d'extase aux Roméos;

Amour qui fait courir les ivresses fécondes,
Du Zénith au Nadir, et de l'astre au pistil,
Et d'un enlacement innombrable et subtil,
Rapproche en même temps les âmes et les mondes;

Amour, verbe vivant de la terre et du ciel,
Qui seul fait tressaillir l'être humain jusqu'aux moelles,
Et des milliers de cœurs sous des milliers d'étoiles,
Seul mot primordial, seul hymne essentiel;

Universelle joie et vie universelle;
Et la Volupté pourpre et la blanche Pitié,
De ce splendide Tout ne sont qu'une moitié,
De ce vaste trésor ne sont qu'une parcelle;

Et quel que soit le nom qu'il prenne tour à tour,
Compassion, Bonté, Fraternité, Clémence,
Ce sont là des ruisseaux faits de son onde immense —
La coupe du Pardon puise au fleuve d'Amour.

MÉTAMORPHOSE INTIME

A mon ami Henri Marchand.

LONGTEMPS il porte un cœur très dur,
L'enfant, sous sa chair délicate ;
Et sans frisson, ses yeux d'agate
Luisent froids en leur lac d'azur.

Mais quand, des pleurs, un sillon sûr
A marqué la joue incarnate,
Et quand l'âme, en fissure, éclate,
L'homme alors aux pitiés est mûr.

Sainte douleur n'est jamais vaine,
Et jamais ne meurt la « verveine »
Même après le « vase brisé ».

L'Amour, au fond de la crevasse,
Germe en bonté, plante vivace,
Au suc toujours inépuisé.

Automne, 1897.

CRIMES « PASSIONNELS »

A mon ami F. Lhomme.

Tout crime dit « passionnel »
N'a pas le cœur pour origine ;
Et bien à tort l'on s'imagine
Que l'Amour est le criminel.

L'Amour est la bonne torture
Qui s'achève en sérénité
Mais non pas en férocité. —
De ces meurtres contre nature

Est-ce lui qu'il faut accuser,
Ou l'orgueil sot, la chair mauvaise?
Veux-tu que le baiser t'apaise?
Épure d'abord ton baiser ;

Et laisse en ton intime plaie
La clémence éclore et fleurir,
Comme on voit au printemps s'ouvrir
Blanche aubépine en rouge haie.

Saignez, saignez sous notre sein,
Blessures tendres et muettes ;
Les grands saints ou les grands poètes
Sortent de vous... non l'assassin.

L'Amour vrai tourne à l'indulgence,
Et non en rancune ou rancœur ;
Et ce doux conseiller du cœur
Éclaire aussi l'intelligence,

Trouant l'égoïste rideau
Si lourd à l'humaine paupière —
Et c'est un porteur de lumière,
Non pas un porteur de bandeau.

MESSIDOR

Au poète Achille Paysant

QUAND je naquis, agreste enfant du Dauphiné,
Messidor rayonnait dans l'immense nature,
Comme pour m'inviter à la moisson future...
J'ai plus de quarante ans et n'ai rien moissonné !

Et je ne serai pas le glaneur couronné
Ou de prospérités ou de progéniture :
L'épi d'Amour m'a point de sa fine torture,
La Gloire a fui mes doigts, coquelicot fané.

Mais après tout, qu'importe?... En ton sillon modeste,
O fils de laboureurs, fais l'atavique geste,
Et, pleine de grains purs, laisse ta main s'ouvrir;

A moi le rôle utile et non le lot superbe :
J'irai vers le tombeau sans avoir fait ma gerbe,
Mais sans avoir semé, je ne veux pas mourir !

UN PASSANT

CET hôte de la France aux yeux bleus d'améthiste,
   Ce septentrional et merveilleux passant,
Sous son air un peu froid et son front un peu triste,
Roule silencieux un rêve éblouissant.

Il marche calme et sûr, car son père l'inspire,
Car Alexandre-Trois n'est pas mort tout entier;
Son âme habite encor l'empereur et l'empire;
Et son grand cœur revit en son frêle héritier.

Il marche calme et doux; la beauté, l'innocence,
Une femme, une enfant, parfumant son chemin,
Cette rose et ce lys, — ineffable puissance —
Lui mettent peu à peu l'olivier dans la main.

Il marche calme et juste; et s'il règne sur d'autres,
C'est pour eux, non pour lui, qu'au trône il est monté;
Et venant du pays où prêchent les apôtres,
L'écho de leur doctrine en sa voix est resté.

Il parle dans leur langue... et presque leur langage;
Et, pèlerin trouvant glorieux le fardeau,
Ce puissant chef d'armée a mis dans son bagage,
Des pacificateurs le sublime credo.

. . . .
. . . .

L'un a nom Nicolas et l'autre a nom Guillaume,
Deux sculpteurs méditant un chef-d'œuvre inégal;
Le second, belliqueux, ne fabrique qu'un heaume;
Le premier, lumineux, fabrique un idéal.

. . . .
. . . .

Mais, ô rêveur gaulois, malgré ce rêveur slave,
Crois en Dieu, non en l'homme... et qui peut oublier
La Pologne détruite et la Finlande esclave?
Et naîtra-t-il jamais l'empereur-chevalier?...

L'ÉTOILE DE LA PAIX

A G. Deberme.

Étoile de la Paix, toi qui sembles éclore
Derrière la colline, et déjà mettre autour
De notre crépuscule une clarté d'aurore,
Et du siècle prochain, toi qui seras le jour ;

Ils avaient à l'envi douté de ta venue,
Les Bismarck monstrueux et les nains Talleyrand,
Mais le juste aussitôt, joyeux, t'a reconnue,
Et le sublime instinct des peuples te comprend.

Les habiles en vain vont crier aux chimères,
Et leurs rires sonner autour des tapis verts,
Palpitantes vers toi tendront toutes les mères,
— Ces fleurs d'humanité — leurs calices ouverts.

De cette vieille Europe à l'âme encor barbare,
Tu sauras dissiper l'héréditaire erreur
Qui croit à la vertu des canons, et prépare
L'hégire de l'Amour par l'ère de terreur.

Du sauvage mourant tu verras naître l'homme
Enfin; et tu verras, du front de la cité,
Le mot d'airain : *Si vis pacem para bellum,*
Par un vent de justice à jamais emporté,

Tandis qu'un autre mot à sa place étincelle,
Qu'on croyait utopie et n'est que vérité :
« Si tu veux assurer la paix universelle,
Un peu moins d'armements, beaucoup plus d'équité. »

Prisonnière longtemps sur les lèvres du sage,
La parole ignorée, ou dédaignée encor,
A pris son libre vol sous forme de message
Vers les quatre horizons ouvrant ses ailes d'or,

Et quand l'Idée éclate, au message commise...
Des flots de la Caspienne aux flots de l'Océan,
Comme au soudain lever de l'Étoile promise,
Tous les bergers — les bons — entonnent le Pæan !

. . . .
. . . .

Étoile, tu luiras demain sur les patries
Qui ne cesseront pas d'exister, mais auront
— Rivales de travaux et non pas de tueries —
Plus d'outils dans la main, moins de casques au front.

Étoile, tu luiras demain sur les frontières
Qui resteront aussi, mais seront à leur tour,
Non de rouges champs clos ou de blancs cimetières,
Mais des portes d'accueil et des chemins d'amour;

Et tu luiras demain sur les drapeaux eux-mêmes,
Qui, fraternellement, riront sous l'azur bleu,
Car toutes les couleurs de ces divers emblêmes,
Tiennent dans l'arc-en-ciel, cet étendard de Dieu.

II

Patriotiques étapes

La Grande Patrie (France!)

L'ARC-EN-CIEL SYMBOLIQUE

> Hier, à trois heures, comme le Tzar
> débarquait, un arc-en-ciel éclaira tout
> l'horizon.
>
> *(Journaux du 7 octobre 1896).*

A Paul Bouvier.

I

Quand le vaisseau du Tzar toucha le sol de France,
Soudain, comme un présage éclatant et divin,
Jaillit à l'horizon, qui menaçait en vain,
Un splendide arc-en-ciel aux teintes d'espérance;

Et l'immense éventail au miroitant tissu,
Allait du yacht en marche à la côte en attente,
Décrivant, sur les flots, comme une arche flottante
Où passerait l'ami par les amis reçu;

Et les drapeaux de France, heureux de l'éclaircie,
Sous le cintre brillant et providentiel
—C'est un arc de triomphe aussi que l'arc-en-ciel!—
Donnèrent l'accolade aux drapeaux de Russie.

O prodige! Il semblait qu'une invisible main,
Pour chasser des esprits l'entière défiance,
Étalait, lumineux, le pacte d'alliance;
Peuples, ne doutez plus : voici le parchemin!

Et sur un vil papier, par quelque scribe infime,
N'était point rédigé le solennel traité;
Mais tout à coup le texte en était projeté
Sur le livre des cieux par le soleil sublime;

Comme on dit qu'autrefois, très manifestement,
Le signe de la Paix, entre l'homme et le Juge,
Fut tracé sur les flots décroissants du déluge
Par le même soleil au même firmament.

II

O bel arc-en-ciel qui déroules
Ton envergure et ta splendeur
Sur le front étonné des foules,
Es-tu d'en haut l'ambassadeur?
Viens-tu nous dire que sur l'Arche
Où le monde est toujours en marche,
Sur ce tumultueux bercail
Battu d'une vague éternelle,
La Paix sereine et fraternelle
Va prendre enfin le gouvernail?

N'est-ce pas le ciel qui t'envoie,
O somptueux introducteur,
Pour ouvrir et marquer la voie
A ce somptueux visiteur ?
Et courant léger et suave
Au-devant du navire slave,
N'es-tu pas l'indice certain
Que sur cette proue opportune
Voyage une haute fortune
Sous la tutelle du destin ?

Toute l'Europe est attentive,
Le monde entier reste songeur
Quand débarque sur notre rive
Cet impérial voyageur.
Quel dessein le guide et l'entraîne ?
Vient-il pour l'Amour ou la Haine ?
Ce monarque est-il le féal
De la Justice, et sa pensée
Est-elle à jamais fiancée
A quelque fervent Idéal ?

Vois-tu de ton observatoire
Les peuples-Caïns, criminels,
Dans l'avenir aléatoire,
Égorger les peuples-Abels ?
Ou l'universelle concorde

Qui point comme une aube, et déborde
Les contours du nuage épais?...
Et sur les pans de ta ceinture
Qu'agite la brise future,
Portes-tu la Guerre... ou la Paix?

N'es-tu pas l'Iris immortelle,
L'aimable estafette des dieux,
Dont la scintillante dentelle,
Des jours cléments et radieux
Est l'infaillible avant-courrière?...
Ou n'es-tu qu'un jeu de lumière
Sur la nue au sombre rideau,
Un accidentel phénomène,
Un rayon d'or qui se promène
Au travers de globules d'eau?

Non, non! laisse à nos âmes croire
Qu'en ce jour de joie et d'orgueil
— Un de ces jours qui font l'histoire —
Tu t'es glissée au ciel en deuil,
Comme un rire sur la tristesse,
Pour déclarer, ô prophétesse,
Qu'un beau lendemain nous attend,
Et que cette alliance auguste
Promet quelque chose de juste
Et quelque chose d'éclatant.

Oh! sois le symbole et le signe,
Que Dieu nous rend son amitié,
Et que dans les clauses qu'on signe,
Le ciel est aussi de moitié;
Sois le témoin qui nous atteste,
Que lui-même le Tzar céleste,
Met sa signature au traité;
Sois le messager qui nous marque,
De la part du divin Monarque,
Un retour de prospérité.

Ah! si ce très haut Camarade,
A permis que fût déplié,
Dessus nos pavillons en rade,
Son pavillon irradié,
N'est-ce point pour nous faire entendre,
Que ton prisme joyeux et tendre
Nous est l'aube des jours meilleurs,
Et que tes sept couleurs de rêve,
N'ont apparu sur notre grève
Que pour bénir les trois couleurs?

Ta bannière septicolore
Du drapeau tricolore est sœur;
Et venant à sa rive éclore,
N'es-tu pas comme un précurseur
D'un bonheur voguant vers la France?

Ne donnes-tu pas l'assurance,
Dardant sur elle tes rayons,
Qu'elle peut encor dans l'histoire,
Semblables à ta trajectoire,
Tracer magnifiques sillons ?

La France, au sortir du désastre,
Sut vingt-cinq ans se recueillir —
Mais pour annoncer que son astre
De la pénombre va jaillir,
Tu viens, tu viens du bout du pôle,
Et tu lui jettes sur l'épaule
Ton éblouissant baudrier ;
Et songeant qu'on souffre et qu'on pleure,
Tu sembles dire : « Voici l'heure !
Debout, ô peuple chevalier ! »

POUR L'ARMÉNIE

Gesta Dei per Francos.

A Émile Arnaud.

O peuple chevalier, debout! car un grand crime
  A la face du ciel étale sa fureur,
Et sous le cimeterre aigu qui le décime,
    L'Orient pousse un cri d'horreur.

Les fils de Mahomet, de justice économes,
Ont richement versé les patères de sang,
Et la Croix doit payer un rouge tribut d'hommes,
    Pour le bon plaisir du Croissant.

Où Jésus dit : « Pardonne ! » Allah dit : « Extermine ! »
D'une terre chrétienne est souillé le soleil;
Et la loque ottomane a baigné sa vermine
    En un torrent tiède et vermeil.

France, vas-tu rester indifférente au crime
Quand les persécutés, autrefois tes clients,
Vers l'Europe et vers toi, vers toi la Magnanime,
    Tendent leurs bras de suppliants?

Il est temps qu'à leur plainte une voix compatisse;
Presse les hésitants, presse ton allié;
Et que dans le traité, cet article : Justice!
    Ne soit pas le seul oublié.

Ne dis pas : « Que me fait l'infortune des autres?
J'eus tort de secourir des peuples asservis.
Dupes sont les sauveurs et naïfs les apôtres;
    M'aiment-ils, ceux que j'ai servis?

« Je leur donnai mon sang en prodigue, en poète,
Et lorsque mon malheur chercha leur amitié,
Nul ne me répondit dans l'Europe muette :
    Je garde à mon tour ma pitié ».

France, en disant cela, tu te mens à toi-même;
Tu sais que, refusant d'abdiquer ton passé,
Tu reprendras demain ton généreux poème
    A la page où tu l'as laissé;

Tu sais qu'il vaudrait mieux, sous le sort accablée,
Te coucher quelque jour grande et pure au tombeau,
Plutôt que voir ton âme, elle aussi mutilée,
    S'en aller lambeau par lambeau;

Car ton âme est aussi parcelle de patrie,
Intangible et sacrée à l'égal de ton sol;
Et qui te prend ta gloire et ta chevalerie
    Te fait l'irréparable vol.

Oh! ton âme!! Veux-tu qu'à la sentir atteinte
Tes ennemis joyeux disent ce mot amer :
« La France rayonnait, mais, son étoile éteinte
    Un jour a sombré dans la mer? »

Par ton bras qui défend, contre le bras qui tue,
L'Orient, qui t'aimait, longtemps fut abrité.
Veux-tu qu'un autre peuple à toi se substitue
    Dans ton rôle d'humanité?

Préserve donc ton âme et conserve ton rôle;
Ramasse — il est vacant — le sceptre d'équité;
Il fut tien : et partout, de l'un à l'autre pôle,
    O vaillante, tu l'as porté.

Les nations, dit-on, pèsent dans le silence
Le sort des meurtris et celui du meurtrier;
A défaut de ton glaive, en leur lente balance,
    Jette du moins ton bouclier.

Pour arrêter le meurtre et désarmer la haine,
Pour sauver des bourreaux tout un peuple martyr,
Mets-le sous ton égide à la tutelle humaine :
    Des hommes vont encor mourir.

Prends garde que le drame un jour ne recommence;
— Le sabre est rose encor du sang mal essuyé —
La première, au Sultan, apprends le mot : Clémence,
    Et souffle au Tzar le mot : Pitié.

La justice est boiteuse et le forfait est vite;
Que d'un vol plus hâtif et de leurs ailes sœurs
L'alouette gauloise et l'aigle moscovite
    Fassent trembler les oppresseurs.

Oui! dans la main d'un Tzar, mets ta main fière et libre,
O République, et sur ce front impérial,
De l'Europe et du monde assurant l'équilibre
    Déroule ton drapeau loyal.

Mais si cet empereur au Droit était parjure,
Ah! laisse, de ton cœur, partir congédié
Cet allié d'un jour, plutôt que faire injure
    Au Droit, l'immortel allié.

LES TROIS RELIGIEUSES

(La Canée, 22 février 1897).

Aujourd'hui, les flottes russes, allemandes, autrichiennes et anglaises ont bombardé un couvent occupé par les insurgés helléniques. L'ordre de cesser le feu a été donné avant que les vaisseaux français et italiens aient pris part à la manifestation. Soixante et dix coups de canon ont été tirés. *Trois religieuses ont été tuées.*

I

O rosaires de buis, grains à grains déroulés
A l'heure de la mort, et de sang tout perlés,
Neuves bagues de pourpre aux doigts immaculés;

Rouges fleurs d'holocauste, ardentes gouttelettes,
— Comme aux autels des dieux les victimes muettes
Sous les roses marchaient et sous les bandelettes, —

Vous êtes aujourd'hui les suprêmes joyaux
Des épouses du Christ, ces mystiques agneaux,
Ces trois saintes, priant pour les six amiraux.

Pourtant, elles rêvaient une autre fin sans doute,
Tristes de remonter à la céleste voûte,
Sans avoir achevé leur charitable route,

Sans avoir prévenu l'œuvre des meurtriers,
Et douces, se jetant au milieu des guerriers,
Levé sous le ciel bleu les rameaux d'oliviers!

Du divin Maître et Roi servantes conjugales
Égales de ferveur et de tendresse égales,
Et sœurs, comme les trois vertus théologales,

Elles étaient la Foi par leurs yeux de clarté,
L'Espérance, par leur sourire irréfuté,
Et par leur cœur, foyer brûlant, la Charité.

II

Et vous avez éteint ces âmes de lumière
Et d'amour; et chacune à bénir coutumière,
Vous pardonna, clémente, à son heure dernière.

Mais des suites de l'acte êtes-vous déliés,
Vous qui ne pouvez plus agir en chevaliers,
Et jouez à ravir les trop sanglants geôliers?

O premier sang humain versé, premières tombes
Ouvertes, devançant les vastes hécatombes!
Pour les vautours, d'abord, ont payé les colombes.

Le glaive de jadis a fait place au canon ;
Et comme Idoménée ou bien Agamemnon
Sacrifiait aux dieux les enfants de leur nom ;

Les nations, par crainte, et dans le crime unies,
Les rois civilisés, étranges ironies,
Ont jeté dans la mort ces trois Iphigénies.

Mais le vrai Dieu proteste où Jupiter consent ;
Le ciel ne bénit plus le meurtre ; mais le sang
Retombe sur tous ceux par qui meurt l'innocent.

Sur vos légères mains, ô trop fins diplomates,
Pourraient bien demeurer de rebelles stigmates !
— La tache qui résiste à tous les aromates. —

D'autant qu'à votre insu votre rôle dément,
Précipite et mûrit le grand événement :
La guerre, sous vos pieds, germe, pourpre froment.

Et jetant sur les mers leur sotte mélodie,
Vos canons foudroyant la Canée ou Candie,
N'auront peut-être fait qu'ouvrir la tragédie.

Et qui donc pourrait croire à l'heureux dénouement
Quand votre sextuor sonne si faux, vraiment ;
Et quand votre *concert* n'est qu'un beau mot qui ment ;

Quand vous marchez au but commun qui vous réclame,
La paix dans les discours et la haine dans l'âme,
La peur ou l'intérêt pour unique oriflamme,

Quand sur ces mêmes flots où voguait Canaris,...
Pour brûler un couvent et pour faucher trois lys,
Douaniers ou brigands, vous vous mettez à six.

III

Ta fortune a permis qu'en si triste occurrence,
Nul boulet ne partît de tes vaisseaux, ô France;
Cesse donc de jouer à ce coupable jeu;
Et rentrant dans ton rôle ainsi que dans ta voie,
Suis l'avertissement que le hasard t'envoie :
Le hasard n'est souvent qu'un signe fait par Dieu.

POUR LA GRÈCE

A D. Bikélas.

I

QUAND sur les sombres flots le pavillon de France
Apparaissait au loin, lumineux voyageur,
Les peuples opprimés reprenaient espérance,
Voyant à l'horizon s'avancer le vengeur.

Dans ses plis de clarté frissonnants sous la brise,
La sereine Justice avait asile et port;
Et splendide, au soleil rayonnait sa devise :
« Secourir le plus faible, affronter le plus fort! »

La candide équité, comme un vol de mouette,
Voguait dans le sillon du vaillant pèlerin :
Et pour venger le Christ il fut à Damiette,
Et pour venger Hellas il fut à Navarin.

Devenu tricolore, il gardait la même âme;
Sur l'Orient chrétien il flottait dans le vent,
Doux comme un protecteur, pur comme une oriflamme,
Occidental ami des peuples du levant;

Et si le fanatisme aux mains de barbarie,
Accomplissait son œuvre atroce en quelque lieu,
Les cèdres du Liban, les palmiers de Syrie,
Le voyaient accourir pour le Droit et pour Dieu;

Et ce lambeau d'étoffe, âme jamais éteinte,
D'un divin tapissier semblait avoir reçu,
Quelle que fût aux yeux ou sa forme ou sa teinte,
La bravoure pour hampe et l'honneur pour tissu.

Or, voici que soudain — désertion amère! —
Au bout de six cents ans l'étendard-chevalier,
Abandonne sa tâche ainsi qu'une chimère,
Et de libérateur se transforme en geôlier;

Et voici que la Crète en un suprême râle,
Sous son collier de fer ayant crié merci,
Le chevalier accourt au cri de la cavale,
Mais pour la retenir au licol, et voici

Que le drapeau de France et les drapeaux d'Europe,
Sur l'île de Minos flottent, honteux gardiens,...
Et cela pour complaire au prince philanthrope
Qui massacrait hier trois cent mille chrétiens.

II

Ah! de cette aventure où quelque autre te pousse,
O Patrie, il est temps, il est temps de sortir,
De peur qu'à ce métier ton front ne s'éclabousse
D'une tache, demain difficile à partir.

République, est-ce à toi de faire la police
Au profit des sultans, au gré des empereurs?
Mieux vaut être isolé qu'être dupe ou complice :
Tu ne seras pas seule ayant pour toi les cœurs.

Compagne jusqu'au bout de l'Europe égarée,
De tes ingrates nefs au dur cœur de métal,
Cerneras-tu demain les môles du Pirée
D'où s'embarqua vers nous le pilote IDÉAL?

Et de cette cité qui seule ou la première
Libéra l'univers, ferez-vous le blocus?
Et ce pays par qui fut criblé de lumière
Tout pays, sera-t-il criblé de vos obus?

L'orchestre des canons se taisait, impassible,
Quand l'Arménie en pleurs criait vers un appui
Et voilà qu'en retour l'Acropole est leur cible :
Naguère trop muets, trop hautains aujourd'hui.

France, dans ce concert feras-tu ta partie?
Ou sauras-tu reprendre et rejouer enfin
La note qui fut tienne, et que t'a départie
De toute éternité le choreute divin?

Si tu ne peux dicter tes volontés hautaines,
Ta magnanime voix peut encor dire : Non!
Non! Paris ne peut pas outrager une Athènes :
Que le Louvre du moins sauve le Parthénon.

Sans doute il ne sied point que pareille à Pilate,
Dans l'eau d'indifférence ayant lavé tes mains,
Tu détournes les yeux du sang, fleuve écarlate
Dont la guerre pourrait submerger les chemins.

Cette lâcheté-là ne fut jamais la tienne.
Ce n'est pas s'abstenir que tenir pour le Droit;
Et le droit n'est-il pas qu'une terre chrétienne
Secoue un joug impie... et cruel par surcroît?

Et le Droit n'est-il pas qu'une race hellénique
Vers Athènes, jetant son volontaire appel,
Puisse enfin s'affranchir du lien tyrannique,
Et renouer enfin le lien fraternel?

Fidèle à ton génie, à toute ton histoire,
Tu dois favoriser ces libres choix d'amour,
O France! Ils ont déjà grandi ton territoire,
Et pourraient bien encor le grandir quelque jour.

La Crète apercevant des trop chers Propylées
Le resplendissement dans l'air suave et fin,
Vers eux tend de nouveau ses mains inconsolées;
Seras-tu sans pitié pour cet exil sans fin?

Ariane cherchant si l'esquif de Thésée,
Ne va pas reparaître à l'horizon natal,
A gémi de nouveau sa plainte inapaisée;
Seras-tu sans amour pour cet amour fatal?

Honore un idéal, respecte une tendresse,
Et le frémissement d'héroïsme et d'orgueil,
Qui du Pinde à l'Ida fait tressaillir la Grèce,
Et les grands morts revivre au fond de leur cercueil.

Vers un peuple opprimé, ton cœur, ton cœur s'élance,
Comme il a le dégoût d'un peuple de bourreaux :
Tu ne peux donc tenir une égale balance
Entre les assassins et les fils des héros.

Regarde : d'un côté c'est le despote sombre
Plus blême de terreur que fou de cruauté.
Et là, c'est la cité qui fit jaillir dans l'ombre
Ces deux étoiles sœurs : Justice et Liberté.

Le Grec et l'Osmanlis ont tracé par le monde
De leur glaive inégal un différent sillon :
Le cimeterre tue et jamais ne féconde;
La lance athénienne est encor un rayon.

L'univers, à Stamboul, ne doit pas une idée;
Et depuis trois mille ans la vieille humanité
Dans son errante nuit chemine encor guidée
Aux reflets du flambeau que l'Hellène a porté...

Et l'Hellène aujourd'hui s'élance à la frontière,
Confiant en son Dieu, de son droit convaincu;
Donne lui tes bravos, avec ton âme entière,
S'il est victorieux... surtout s'il est vaincu.

Mars, 1897.

L'ALOUETTE GAULOISE

A Edmond Thiaudière.

Non, ce n'est pas le coq, égoïste et banal,
Batailleur sans péril, chanteur sans harmonie,
Qui peut symboliser ton lumineux génie
Gaule, ardente patrie, éprise d'idéal !

Mais c'est la cantatrice au grand vol auroral,
Dont l'âme avec l'azur chaque aube communie,
Et dont jaillit la voix en sonate bénie,
Musique des faucheurs aux matins de prairial.

Comme elle tu vas haut, et tu vois loin comme elle,
Par-dessus la frontière envoyant, fraternelle,
A la famille humaine un long regard d'amour ;

Et comme sa chanson ta langue est d'un poète...
Et tu peux dédaigner un roi de basse-cour,
O France, o libre sœur de la libre alouette.

HENRI IV

A Madame Coignet.

LA France allait périr, mais tu sauvas la France;
Et, vainqueur apportant la branche d'olivier,
Tu calmas les deux camps et sus les convier
A prendre du repos et reprendre espérance.

Le sombre fanatisme, aux ailes de démence,
Ainsi que l'Espagnol, dut son vol replier,
Car sur ton clair manteau de roi, tu fis briller
Parmi les fleurs de lis l'étoile de clémence.

Tu voulus que mûrît sous l'égide des lois,
Sur le vieux sol taché de sang par les Valois,
La jeune et blonde paix aux moissons rayonnantes;

Et doublement ta gloire aux peuples a souri,
Car si ton front portait le panache d'Ivry,
C'est ta main qui signa le parchemin de Nantes.

LES DEUX COLLINES

CELLE DU SACRÉ-CŒUR ET CELLE DE LA SORBONNE

A Georges Dumesnil.

Vers le mont des martyrs et le mont des penseurs,
  Vers la butte sacrée et la butte féconde,
Lutèce, d'âge en âge, a grimpé vagabonde,
Des deux rives, montant aux deux collines sœurs.

L'une avait bu le vin pourpre des vendangeurs
Du Christ; et l'autre fut l'Horeb nouveau du monde,
D'où la claire Raison a jailli comme une onde
Sous la baguette d'or des modernes songeurs.

O Paris, sombre et fauve Océan! mais les calmes
Porte-flambeaux et les sanglants porteurs de palmes
Tinrent haut l'Idéal sur les flots orageux,

Et par eux, cette mer dépose sur la grève,
Double scintillement de son limon fangeux,
Ou le rubis d'Amour ou le saphir du Rêve.

FRATERNITÉ! *

A mon ami Abel Combarieu.

DRESSE-TOI dans l'azur, ô monument superbe,
Altier comme une cime, éloquent comme un verbe:
Et laisse-nous suspendre à ton flanc triomphal,
Au nom des Dauphinois de Paris, frères d'âme,
L'emblème rose et bleu, la riante oriflamme
Qui porte les couleurs de leur pays natal.

Dresse-toi devant tous, colonne symbolique,
Public enseignement et parure publique;
Et du sol grenoblois surgis avec fierté
En ta tige de pierre et ton groupe de marbre,
Car sur ce pavé-là poussa le premier arbre
Qui fit chanter sa feuille au vent de Liberté;

* Poésie lue au nom de « l'Union des Sociétés dauphinoises de Paris »,
à l'inauguration du *Monument des Trois-Ordres du Dauphiné*, à Grenoble,
le 4 août 1897.

Car voilà plus d'un siècle, en cette même terre,
Du Taillefer sublime au Saint-Eynard austère,
Un rayon s'élança précurseur du réveil;
Et pour toute la France émue, et dans l'attente,
La Révolution, cette aurore éclatante,
Se leva sur les monts... du côté du soleil.

Et sur le feu qui dort jetant la goutte d'huile,
Grenoble fait voler sous des éclats de tuile
Un arbitraire édit dans l'orage emporté.
Juste comme Mounier, vibrant comme Barnave,
Le Dauphinois toujours fit un mauvais esclave,
Et de quatre-vingt-neuf alluma la clarté.

Les Alpes, tout à coup, pensives sentinelles,
Sur leur calme manteau de neiges éternelles,
Eurent un frisson d'aube..... et crièrent : Debout !
Et Vizille et Romans devancent d'une année,
O Quatorze Juillet, ta brûlante journée,
Et ta nuit immortelle, ô généreux Quatre Août.

Et ce même Quatre Août, date deux fois sacrée,
Voit inaugurer l'œuvre, où l'artiste qui crée,
Au même piédestal appela tour à tour
Le prêtre, le seigneur et le manant auguste,
Et fit jaillir, d'un geste intrépide et robuste,
Sur la stèle de pierre un idéal d'amour !

Et voyez! le clocher, le donjon et le chaume
Répondent à l'appel..... et comme au Jeu de Paume,
Ces trois rivaux d'hier ont juré de s'unir,
Et tous trois, main tendue et de cœurs unanimes,
Ils prennent à témoin les solennelles cimes
Qu'ayant fait le serment ils sauront le tenir.

O trinité loyale, o tribuns magnifiques,
Secouant du talon vos haines ataviques,
Au socle aérien montez d'un libre vol;
Et partant de plus haut pour être mieux comprise,
Que votre voix apprenne une même devise
De fraternelle paix aux fils d'un même sol.

Renoncez avec joie aux discordes amères,
Vous qui dormiez jadis sous les yeux de vos mères,
Au même bercement du bouclier gaulois;
Et, sacrificateurs heureux du sacrifice,
Dépouillant les vieux torts et l'ancienne injustice,
Jetez tous ces haillons en holocauste aux lois.

Toi qui viens du château, rehaussant ta noblesse,
Dépose ton fardeau de privilèges; laisse
Un air plus libéral entrer dans tes poumons,
Comme faisait, aux bords de cette même Isère,
Implacable aux félons, mais doux à la misère,
Le chevalier Bayard marchant au pied des monts.

Toi qui viens du sillon, dépose ta colère,
Toi, le rustre farouche et le loup séculaire,
Au civique banquet entre comme un lion.....
Mais un lion qui fait aux autres place à table,
Et déchire d'abord de sa griffe équitable
Au code du passé la loi du talion.

Toi qu'au pied des autels a pris le statuaire,
Tu laissas la terreur au fond du sanctuaire,
Et tes deux bras levés et ton front radieux
Ne prophétisent plus que l'ère de concorde;
Et ta bouche a jeté ce cri : Miséricorde!
Répété par la terre, exaucé par les cieux.

Et tous les trois, égaux par l'âme et dans l'échange,
Et pareils aux aïeux, pacifique phalange,
Qui prodiguant leurs bras et leurs jours par milliers
Bâtissaient la chrétienne et vaste basilique,
Édifiez ce temple aussi : la République,
Et de sa large nef soyez les trois piliers;

Ou soyez les guetteurs sur la tour de la ville,
Observant, par-dessus la montagne immobile,
Le grand livre du ciel aux syllabes de feu,
Qui, depuis six mille ans, à tous les astronomes,
N'a jamais dit qu'un mot : « Fraternité des hommes
        Sous la paternité de Dieu. »

La Petite Patrie (Dauphiné!)

A Madame Valentine Joran
Dauphinoise par dilection.

LA CHANSON DU DAUPHINÉ

A Paul Morillot.

A H ! la chanson du Dauphiné !
 Si je pouvais, prédestiné,
En syllabes d'or la traduire,
Comme aux ravines de mon cœur
Je l'écoute perler et bruire
Sur un rythme des ans vainqueur !

Car en vain les longues années,
Sous les doigts du temps égrenées,
Vont m'éloignant de mon berceau,
Sans cesse je l'entends qui chante
Source intime, jaseur ruisseau,
La chanson naïve et touchante.

Ta chanson, mon pays natal,
Roulant ses notes de cristal
En tous les coins de ma mémoire;
Musique altière que tu fais
Dans la nature ou dans l'histoire,
Et tes hauts pics et tes hauts faits.

Une race chevaleresque
Vit en ce cadre pittoresque,
Et ton passé vaut ton décor;
Et du grand Bayard au brin d'herbe,
Hommes et choses sont d'accord
Pour chanter romance superbe.

Et d'accord cimes... et cités
Qui, sur les sommets indomptés,
Ont dressé leurs tours indomptables;
Cités de sourire et d'orgueil
Par leurs créneaux, très redoutables
Et très douces par leur accueil.

Et les trois roses delphinales,
Aux patriotiques annales
Fleurissent, éclatant blason;
Et n'allez pas croire que *noble*
Rime au hasard et sans raison
Si richement avec *Grenoble.*

L'Allobroge, aux creux des torrents,
A bu le mépris des tyrans,
Mais calme et fier, il appareille
La raison et la liberté;
Car l'Alpe joue à son oreille
Une hymne de sérénité.

Oui, sublimes sont les arpèges
Que sur le blanc clavier des neiges
Ou dans l'orgue sombre des pins
Exécute l'Alpe éternelle;
Et des Mozarts et des Chopins
L'âme harmonique habite en elle.

Si chantante est la voix des eaux
Qui dévident leurs bleus fuseaux
Dans les prés verts, molle couchette,
Et dont le grelot ruisselant
Se marie avec la clochette
Des troupeaux roux, tachés de blanc!

O monts, virtuoses candides!...
Et dans les clairs matins splendides
La vallée en un pur frisson
Entend l'aubade que fredonne
Ce moine pieux, le grand Som
A cette vierge, Belledonne...

Et mon cœur aux monts dauphinois
Fait écho, mais en tapinois ;
Et le concert aux mots rebelle
Sous mon sein reste emprisonné —
Pour être dite elle est trop belle
La chanson du beau Dauphiné.

LE FLEUVE NATAL

A François Fabié.

I

« Viens ! » me disait mon père, et, ma main dans la sienne,
Nous descendions tous deux vers le grand fleuve pur ;
— O jeunes souvenirs en ma mémoire ancienne ! —
« Viens, petit, allons voir le Rhône ! » et son pas sûr
Par la côte et le val soutenant ma démarche,
Le père avec l'enfant allaient au patriarche,
Au vieux roi de la plaine, au fier lion en marche,
　　Au lion à la peau d'azur.

II

Et dans chaque visite au voyageur sublime,
Inconscient captif par les flots retenu,
Je sentais déjà naître en ma cervelle infime
Le désir d'un grand rêve et d'un grand inconnu.
Ces abîmes tout bleus prenaient ma tête blonde,
Et mon âme dès lors s'en allait vagabonde
Vers l'Idéal, lointain océan, mer profonde
　　D'où je ne suis plus revenu.

III

Car la vocation de tous, tant que nous sommes,
Se fait à notre insu, dans tel jour, en tels lieux,
Et telle vision première laisse aux hommes
Ce reflet inspiré qu'ils portent dans les yeux :
Parfois l'heure qui sonne est l'heure de la grâce!
Et la cloche qui pleure, ou le fleuve qui passe,
Ou le bois qui frémit, jette à travers l'espace
    A tel enfant l'appel des cieux.

IV

L'appel me vint du Rhône. A peine un jet de flèche
Sépare de ses eaux mon village natal;
Et même l'on m'a dit que ma chétive crèche
Faillit être emportée en son grand lit fatal;
Car l'an cinquante-six, au mois de mon baptême,
Il submergea les champs, les bourgs, et Lyon même,
Et battit de ses flots, Louis le quatorzième,
    A Bellecour, ton piédestal.

V

C'est pourquoi, doublement, par amour et par crainte,
— Mon berceau par ses flots à demi ballotté, —
Je subis son empire et reçus son empreinte,
Et mon premier regard chercha sa majesté!
Et mon âme emprunta sa teinte idéaliste
A son azur errant, et mon cœur un peu triste
Emprunta son nuage au brouillard qui persiste,
    Comme un voile, sur sa beauté.

VI

Car mon Rhône n'est pas le Rhône des cigales,
Du soleil éclatant, des éclatantes voix,
De toutes vos chansons vibrant d'ardeurs égales,
Félibres d'aujourd'hui, troubadours d'autrefois,
Le Rhône triomphant à la rive sonore,
Dont Avignon s'enchante et dont Arles s'honore,
Bruyant au crépuscule et bruyant dès l'aurore,
    Encor plus latin que gaulois.

VII

Mon Rhône, du Léman au coteau de Fourvière,
Roule le manteau bleu de ses limpides eaux,
Et fait monter au ciel l'encens de la prière
Dans les blanches vapeurs flottant sur ses roseaux;
Ozanam et Flandrin se croisent sur la rive,
Amiel y médite, et Quinet en dérive,
Et Puvis y déploie, âme contemplative,
    Sa toile aux violets réseaux.

VIII

Avec le Dieu caché Laprade y communie;
Ballanche y promena son rêve attendrissant;
Rousseau, dans son enfance y trempa son génie,
Profond comme le Rhône, et comme lui puissant;
Vous y trempiez aussi votre âme girondine,
O madame Roland !... et s'il n'a pas d'ondine,
Il a ses doux martyrs, et de sainte Blandine
    Reçut le baptême du sang.

IX

La fleur du mysticisme en étoile la berge,
Si l'on n'y cueille pas la fleur du « gai savoir »;
Il garde, encor voisin de la montagne vierge,
Toute la pureté qu'il vient de recevoir
Du grand sommet, son père, et du grand lac, son hôte;
Et grossissant toujours de tout ce qu'il leur ôte,
Le marcheur transparent là-bas descend la côte,
      Des larges cieux large miroir.

X

Entre Alpes et Jura, murs de gauche et de droite,
Il court sous le rideau des peupliers. Parfois
La bordure des monts lui fait sa route étroite;
Mais bondissant alors entre les deux parois,
Plus on veut l'attarder, plus il se précipite;
Il brise en se jouant tout obstacle ou limite;
Puis, sa robe de lin se déroule et palpite
      Sous la chevelure des bois.

XI

Tantôt il est torrent, tantôt il est caresse,
Mais rapide toujours il baigne de ses flots
Là le fier Dauphiné, plus loin la molle Bresse,
Et ses bras en passant cueillent nombre d'îlots.
Il détruit quelquefois, mais plus souvent il crée;
Il est sourire et vie à la terre altérée,
Et verse, bon géant, la goutte désirée
      A tous les calices éclos.

XII

O vision d'azur si lointaine et si douce,
De mon premier matin jeune émerveillement,
O flot toujours suivi par le flot qui le pousse,
O vaste pan du ciel, tombé du firmament,
Qui te mis un beau jour à rouler dans la plaine,
Pèlerin des glaciers, à la suave haleine,
Généreux échanson des prés, à l'urne pleine
      D'un divin rafraîchissement.

XIII

O fleuve paternel, cher à mon premier âge,
Naïvement j'allais à tes bords! et voilà
Que sur l'agile nef de ton onde en voyage,
Ton petit compagnon un beau jour s'envola!
Comme un jeune Breton doit son âme à la grève,
Par toi j'appareillai vers les îles du rêve,
Et je connus par toi mon attente sans trêve
      D'un mystérieux au-dela!

XIV

Tu fus le premier livre où lurent mes yeux calmes:
Et plus tard quand j'appris catéchisme ou latin,
De te voir, je vis mieux sous de lointaines palmes
Les purs Génésareths au contour incertain,
Les barques de pêcheurs traversant l'Évangile;
Et ta sereine image en mon cerveau fragile
Souriait, m'expliquant le Mincio dans Virgile,
      Et dans la Bible le Jourdain.

XV

Accueille donc les vers que ton enfant t'adresse,
Car ils sont un hommage et non pas un vain jeu,
· L'hommage de mon cœur qui songe avec tendresse,
Sur la Seine brumeuse à ton infini bleu,
Et souvent entrevoit par-dessus les épaules
Des collines, tes flots en route sous les saules,
Et des monts à la mer sur le pays des Gaules,
      Ton ruban déroulé par Dieu !

DIALOGUE

ENTRE L'ISÈRE ET LE DRAC

A la mémoire de Louise Drevet,
l'auteur des Nouvelles et Légendes dauphinoises.

L'ISÈRE.

O mon frère le Drac, d'où te vient ta colère ?
　Une hostilité sourde est au fond de tes eaux ;
Je crois, à ton approche, entendre un bruit de guerre ;
Tes sonores galets font peur à mes roseaux.

N'es-tu donc plus heureux, errant célibataire,
De rencontrer ici ta serpentine sœur ?
Et la rivière souple, au torrent solitaire
N'offrirait-elle plus ni charme ni douceur ?

Et trouves-tu moins beau notre pèlerinage
Des monts aux lacs d'azur vers le Sud aux fruits d'or,
Quand les deux voyageurs, tout le long du voyage,
Ont les prés, ce tapis, les Alpes, ce décor ?

Nous avons pour berceau la neige, pour domaine
L'indomptable pays des Allobroges roux,
Pour tombe le grand Rhône à l'onde souveraine...
Que te faut-il de plus ?... et d'où vient ton courroux ?

LE DRAC.

Des hommes... Ma sœur l'indolente,
Vois-tu pas ces audacieux,
Dans leur escalade insolente,
Assaillir nos monts et nos cieux ?
Et sens-tu pas tout le mystère
De la montagne solitaire
Souillé par les fils de la terre ?
Et n'entends-tu pas, ô ma sœur,
Les bataillons de ces pygmées
Vers les chastes neiges aimées,
Sur un monstre aux noires fumées,
Pousser leur flot envahisseur ?

Allons-nous donc courber l'échine
Sous ces profanes conquérants ?
Le sifflement d'une machine
Brave la chanson des torrents.
De Grenoble jusqu'à La Mure,
Ils ont remplacé le murmure
De mes vagues sous la ramure
Par quelques roulements hideux ;
Mais tous ces chemins arabesques,
Dessinés comme autant de fresques,
Au bord de mes gouffres dantesques,...
C'est un jouet bien hasardeux !

Gare à ma vengeance hautaine !
Ils ont encore, et coup sur coup,
De Vizille jusqu'à Fontaine,
Jeté quatre ponts sur mon cou.
C'est trop de colliers, par Hercule.
Je dis à l'homme minuscule
Devant moi le Dragon, recule,
Ou, je le jure, le Dragon
Dans son ressentiment superbe,
Justifiant le vieux proverbe,
Emportant la tour avec l'herbe,
Mettra tout Grenoble en savon.

L'ISÈRE.

On connaît les défis du Dragon débonnaire.
Il se fâche très fort, menace très haut... mais,
Si son fracas ressemble au fracas du tonnerre,
Son tonnerre est de ceux qui ne tombent jamais.

Heureusement. D'ailleurs pourquoi punir les hommes ?
Contre nos visiteurs pourquoi tant s'indigner ?
Nous avons la verdure et la fraîcheur ; nous sommes
Le grand bain salutaire : ils viennent s'y baigner.

La plaine a le désir des montagnes neigeuses,
Non pour les conquérir mais pour les admirer ;
Et les troupeaux humains dans les cités fangeuses
Rêvent du pur torrent : ils viennent s'y mirer,

Et leurs âmes sans paix, et leur mal sans ressource
Cherchent le médecin qui peut les secourir;
Et la grande nature est la suprême source,
La purificatrice : ils viennent s'y guérir.

LE DRAC.

Je vois leur profit, non le nôtre.
Tous ces déserteurs de salons,
Qui trouvent en toi leur apôtre,
Qu'apportent-ils à nos vallons?

L'ISÈRE.

La richesse... Sans doute aux riverains des plaines
Nous prodiguons l'azur des prés, l'or des moissons;
Mais les durs montagnards n'ont jamais les mains pleines,
Et la roche est avare à ses fiers nourrissons.

Veux-tu que le plus pur soit le plus misérable?
Laisse donc l'étranger venir à l'indigent,
Et permets que le riche, échange désirable,
Emporte un peu de vie, apporte un peu d'argent.

LE DRAC.

L'argent! Prends garde à la souillure.
Ne sais-tu pas que ce métal
Est trop souvent la graine impure
D'où germe la tige du mal?

L'ISÈRE.

Oui! quand on le mendie, ou lorsque, illégitimes,
Les écus dans la main s'entassent par le vol;
Mais ces procédés-là sont ignorés des cimes;
Probité! c'est la fleur de notre alpestre sol!

Et si quelqu'un s'incline ici, c'est le cortège
Des lointains voyageurs accourus jusqu'à nous,
Car nul ne peut monter au trône de la neige,
Sans commencer d'abord par plier les genoux;

Et nul ne met le pied sur la terre où nous sommes,
Sans saluer très bas sa double royauté;
Porteuse des grands monts, nourrice des grands hommes,
Ceux-ci faisant sa gloire, et ceux-là sa beauté.

Ne dédaigne donc plus les hommes, et leur œuvre;
Car le monstre machine ou le monstre vagon,
Sait lutter de souplesse avec moi la couleuvre,
Sait lutter de vitesse avec toi le dragon.

Nous avons l'horizon; mais l'homme a la Pensée.
Et quant aux quatre ponts dont plus haut tu parlais,
J'en porte plus que toi, sans en être blessée :
Sur mon corps onduleux ce sont des bracelets.

Car il est des colliers qui ne sont pas des chaînes.
Ami, plus d'égoïsme et plus d'orgueils étroits.
Science, Poésie et Nature : trois reines!
Qui veut les séparer les dessert toutes trois.

Autrefois, il est vrai, la divine Nature
Fermait jalousement ses temples aux regards.
Mais de ses bras vaillants l'humaine créature
Brisa toute barrière et dompta tous remparts.

Et l'ère des cloisons est désormais finie!
Tout se découvre à tous; plus de nuit sur les yeux;
Et dans le monde immense une immense harmonie
Joint l'homme à la nature et la nature aux cieux.

Et l'homme va montant aux montagnes sublimes
Lorsque nous descendons au large océan bleu,
Mais l'infini des mers et l'infini des cimes,
C'est un double chemin... guidant au même Dieu.

LE PALMARÈS DES DAUPHINOIS *

A Léon Barracand.

Oui, c'est un palmarès — nom qui dans la mémoire
De tous les lycéens a si souvent chanté,
Évoquant pour les uns une heure de victoire
Et rappelant à tous un jour de liberté.

C'est un fier palmarès aux pages radieuses
Que j'ai transcrit, pensant que vous m'approuveriez,
Si je laissais tomber, dans ces coupes rieuses
Où mousse le vin d'or, des feuilles de lauriers ;

Et si je faisais lire, à l'éclat de ces lustres,
Comme un menu splendide au banquet ajouté,
Le catalogue long des Dauphinois illustres,
Vainqueurs au grand concours de l'Immortalité.

Car, de tous ces combats, de ces luttes courtoises
Où la mère-patrie invite ses enfants,
Combien de nobles fils des Alpes dauphinoises,
Les premiers prix en main, sortirent triomphants ?

---

* Poésie lue au banquet annuel de l'Association des anciens élèves du Lycée de Grenoble.

S'agissáit-il de vaincre aux tournois du courage,
Combien d'adolescents, dans ces vallons grandis,
Sur les pas de Bayard s'élançant d'âge en âge,
Vers la palme des preux levaient leurs bras hardis?

Faut-il les nommer tous, depuis le connétable
Lesdiguières, debout sur son castel hautain,
Jusqu'à ce Miribel, dans son front redoutable,
Construisant l'échiquier des guerres de demain!

Et parmi les vivants, je ne cite personne;
Mais vous, les morts d'hier, je ne vous tairai pas :
Marchand, Randon, Vinoy, dont le triple nom sonne
Comme un triple clairon au matin des combats!

Prix d'éloquence! C'est à Mirabeau sans doute
Qu'il revenait de droit et qu'il fut décerné,
Mais l'aigle provençal plus d'une fois redoute
L'intrépide Barnave, aiglon du Dauphiné!

Prix de philosophie! Il est votre partage,
Condillac et Mably, dont les nacelles sœurs
Sur les flots de l'Isère ont laissé leur sillage
Et l'ont aussi tracé sur le lac des penseurs.

Prix de diplomatie! Un Servien, un Lyonne
Ont cueilli dextrement, double et subtil glaneur,
— Car ils savent glaner si Richelieu moissonne —
Sur un terrain glissant une gerbe d'honneur.

Prix de musique! Et qui donc oserait prétendre
Qu'il ne t'appartient pas, Berlioz, génial
Inventeur de frissons, maître puissant et tendre,
Qui fais vibrer les cœurs sous le rythme orchestral!

Pour le prix du théâtre, autant qu'il m'en souvienne,
Le Dauphiné n'a pas de Racine ou d'Hugo,
Mais Augier de Valence avec Ponsard de Vienne
Partagent le premier accessit... *ex-æquo*.

Et quant aux lauréats en peinture ou sculpture,
Vingt maîtres dauphinois en vingt salons palmés,
Formés à ton école, ô sublime Nature,
Justement à leur tour pourraient être nommés.

Mais par une lointaine et chère préférence,
Toi dont les bleus pinceaux, tous trempés d'idéal,
Parlaient d'un ciel mystique à mon adolescence,
Je te nommerai seul, suave abbé Guétal.

Voici qu'un nom célèbre éclate sur la liste,
Le tien, Stendhal, toi qui, le microscope en main,
Pénétrant romancier et sagace analyste,
Sondais avant Balzac le triste cœur humain.

Et prenant à leur tour le compas ou l'aiguille,
Vaucanson et Jouvin, et tant d'autres encor,
Travaillent autrement pour l'humaine famille,
Mais inscrivent leurs noms au même livre d'or.

Et ce n'est pas fini : le sol des Allobroges
A de riches moissons est encor destiné;
Et pour clore d'un toast filial ces éloges,
Buvons au vieux pays, au père, au Dauphiné !

Juin 1898.

DETTES DE COEUR

I

MON CHER RONDEAU !

VOILA juste vingt ans, ô Petit-Séminaire,
  Que je t'ai dit adieu, l'adieu de l'écolier,
Laissant tes maîtres chers à l'aspect débonnaire,
Et tes murs souriants à l'aspect familier ;

Et j'ai vu d'autres murs, et j'ai vu d'autres maîtres,
Et voyageur tenté par d'inconnus chemins,
Et quittant à regret la demeure des prêtres,
J'entrai d'un pas timide aux cités des humains ;

Et voici que j'atteins le tournant de la vie,
Et mes tempes déjà grisonnent... et je sens
Que je ne monte plus par la route suivie,
Et qu'au versant contraire à mon tour je descends !

Mais tout en avançant vers le point d'arrivée,
Je me tourne souvent vers le point de départ ;
Et ta physionomie est dans mon cœur gravée,
Rondeau, séjour aimé que cherche mon regard !

Rondeau, nom poétique et poétique asile,
Dont la façade rit au milieu des prés verts,
Entre l'Isère souple et le Drac indocile,
Au pied des monts géants, de neige recouverts.

Rondeau, qui nous semblais la cage hospitalière,
Et fus pour nous un nid plutôt qu'une prison;
Et comme des oiseaux chantant dans la volière,
Les petits Dauphinois chantaient dans ta maison!

Que de fois, las du monde, alors je me rappelle
La ruche d'écoliers bourdonnant dans ton sein,
Tandis que nuit et jour en ton humble chapelle,
Quelqu'un de grand bénit ton studieux essaim!

Que de fois j'ai revu, non sans mélancolie,
Tes deux camps où sonnait notre rire enfantin,
Et cette paix du cœur qui jamais ne s'oublie,
Et dans tes murs pieux notre pieux matin!

Et tes processions, chrétiennes théories
Qui vont se déroulant dans les beaux soirs de mai,
Sous l'aile d'un cantique aux notes attendries,
Vers l'agreste Madone en son cadre embaumé!

Et tes classiques jeux, tes grands jeux olympiques,
Où la bannière en main parlaient tes sénateurs :
Un Pindare manquait à ces luttes épiques,
Mais non les Cicérons enflammant les lutteurs!

Mars avait ses lauriers, mais Apollon ses palmes;
Et quand l'écho bruyant des jeux et des discours
S'éteignait... les rêveurs, fronts mystiques et calmes,
De la Vierge Marie illustraient les concours!

Et c'est pour tout cela, pour l'heureuse alternance
De tes jours de plaisir à tes jours de travail,
Que nous avons de toi si douce souvenance,
Et qu'errantes brebis nous songeons au bercail,

Et qu'en tout lieu jetés par le destin, nous sommes
Et nous restons tes fils, toi qui nous unissais,
Qui prenant des enfants, créais des jeunes hommes,
Par l'âme, bons chrétiens, par le cœur, bons Français!

II

MON VIEUX LYCÈE

CAMARADES, salut! — Salut au vieux lycée;
Car, jeunes sont les murs, mais vieille est la maison;
C'est une autre façade à nos regards dressée,
Mais, au fronton, toujours c'est le même blason.

Toujours continuant la tâche commencée,
De nos brillants cadets la verte floraison
S'enrichit par l'étude et s'ouvre à la pensée,
La corolle tendue aux vents de l'horizon.

Ceux-ci, la toque au front, défendront la Justice;
Ceux-là, l'épée au poing, au cœur le sacrifice,
Comme mourut Bayard mourront au champ d'honneur;

Les uns serviront l'art, les autres l'industrie...
Mais chacun, de sa gerbe à sa façon glaneur,
En parera demain l'autel de la Patrie!

Mai 1896.

III

Les Gradins du Théâtre

RACINE*

A Émile Faguet.

I

Il naquit en décembre et sous un ciel très pâle ;
Mais le cep de Champagne et l'enfant d'Apollon,
Sur les coteaux brumeux de la Ferté-Milon,
Rêvent d'un vin futur en leur nuit hivernale ;

Et, vienne la saison, ces fraternels voisins,
Malgré le maigre sol ou le berceau sévère,
Dans leur maturité verseront à plein verre
La mousseuse liqueur des vers et des raisins.

Le cep fera son œuvre en sa prison d'argile,
Tandis qu'à son matin l'enfant est transplanté
Au clos de Port-Royal, verger de piété,
Et dans son cœur descend un ferment d'Évangile.

* Poésie dite le 21 décembre 1897 aux Matinées-conférences du théâtre de la République, pour l'anniversaire de la naissance de Racine.

Une mystique fleur lève en ce jeune sein
Pour la vie... et toujours, même aux heures fiévreuses,
Sous les pampres dorés des voluptés rieuses,
La fleur persistera du chaste Éliacin.

Puis, sous un chaud soleil, au pays des cigales,
Il s'en alla mûrir, afin qu'en ce beau fruit,
De tout le sol de France, harmonieux produit,
Du Nord et du Midi les parts fussent égales.

Il revient à la Ville, il entre dans la Cour,
A toute bouche aimée offrant sa grappe ardente,
Et des baisers de l'Art — ô jeunesse imprudente! —
Aux baisers de la femme il passe tour à tour.

Mais, — fertile tourment déchirant sa poitrine!! —
Les larmes d'un poète en vain n'ont pas coulé;
Et son cœur riche et plein, ô froide Champmeslé,
Jaillit sous tes pieds blancs en liqueur purpurine;

Et Racine, à la table où Paris vient s'asseoir,
En ses drames fictifs servait un réel drame;
Et le flot de ses vers, et le sang de son âme,
Débordaient de la scène ainsi que d'un pressoir.

Enfin, las et meurtri des profanes vendanges,
Dans la chrétienne paix il chercha le bonheur,
Et retourna fleurir aux temples du Seigneur,
Son automne pour Dieu, pour ses terrestres anges,

Gardant ces grappes sœurs aux beaux grains immortels,
L'élégiaque Esther, la royale Athalie ;
Et n'attendant plus rien du monde qu'il oublie,
Il meurt loin du théâtre et tout près des autels.

II

Le théâtre, aux autels, a repris le poète,
Et le laurier remonte au front découronné ;
Et depuis deux cents ans que sa bouche est muette,
En des milliers de voix ses vers ont résonné.

On dit que tu voulais, ô grande ombre bénie !
Jeter au feu ces vers voluptueux et doux,
Immolant d'un seul coup ton œuvre et ton génie,
Comme une double hostie offerte au Dieu jaloux.

Mais nous n'acceptons pas ton âpre sacrifice,
Car ta gloire est la nôtre... et toute main fermant
Le regard de ta Phèdre ou de ta Bérénice,
Éteindrait une étoile à notre firmament.

Car en te saluant, nous saluons la France,
Dont l'âme douce et fine, au miroir de tes vers,
— De tes vers purs de forme et profonds de souffrance —
Se penche avec amour et se voit au travers.

11

Corneille est loin de nous, aussi Romain qu'Horace;
Son théâtre sublime est trop souvent d'airain;
Mais toi, nous te sentons issu de notre race,
Un frère, un précurseur, presque un contemporain.

Car en peignant ton mal tu peins nos maladies,
Et jamais le public ne t'a mieux écouté,
Et dans ton magnifique écrin de tragédies,
Mieux vu ce diamant cruel : la Vérité!

Jamais plus qu'à cette heure où le siècle agonise,
La tristesse des cœurs n'a compris tes accents;
Et jamais la Pitié, que ton vers divinise,
Ne mit sur nos douleurs baumes plus caressants.

Ah! pour ce souffle humain dont ton œuvre est baignée,
Qui n'a rien de trop rude à nos frêles poumons,
Pour tes nerveux héros, élégante lignée,
Pour tes femmes surtout, Racine, nous t'aimons.

Pour tes femmes de chair aux tortures démentes,
Pour tes vierges aussi, citernes de douceurs; —
Et par toi, celles-là nous deviennent amantes,
Et celles-ci, par toi, nous paraissent des sœurs.

III

O cortège de deuil, de grâce et d'harmonie !
Andromaque passant sous son crêpe éternel,
La pieuse Antigone et la tendre Junie,
Aricie au front pur, Phèdre au front criminel ;

Roxane meurtrière, Atalide meurtrie,
Rivales l'une et l'autre, et risquant toutes deux
Leur salut ou leur mort en quelque loterie,
Sur l'échiquier sanglant du sérail hasardeux ;

Iphigénie en pleurs, et pourtant magnanime ;
Et dans son morne exil aux cieux toujours voilés,
Vers le soleil natal et vers l'amour, Monime
Tendant ses bras divins, ses bras immaculés ;

Sur le corps de Pyrrhus, Hermione expirante,
— Elle l'aimait vivant, l'adore assassiné —
Et la sombre Ériphyle à la fureur errante,
Parmi les vaisseaux grecs vrai tison déchaîné ;

Et, chef-d'œuvre accompli de vertus et de charmes,
L'amante de Titus triomphant de ses feux ;
Et le cœur plein de force, et les yeux pleins de larmes,
En mélodiques vers soupirant ses adieux ;

Soupirant ses adieux en mélodiques thrènes,
Fuyant loin de César, malgré soi, malgré lui,
Et loin du Capitole impitoyable aux reines!...
— Dans l'Orient désert quel sera son ennui!!!

Et les unes brûlant de flammes légitimes,
Les autres aspirant au baiser défendu,
Mais toutes s'inclinant vers la tombe, victimes
Du breuvage fatal en leur sein descendu ;

Toutes, la plus vivante ou la plus effacée,
— Car même Cléophile, aux rives de l'Indus,
D'un rayon de tendresse est déjà caressée,
Et semble respirer les langueurs du lotus ; —

Toutes, entretenant un intime supplice
Qui, sur leur noble tige en secret les détruit,
Et gardant une attente au fond de leur calice,
Et mourant sur leur fleur d'avoir rêvé le fruit,

Roses au cœur de pourpre ou lys au cœur de neige,
Du jardin de ton âme écloses quelque jour ;
Et depuis épandant, merveilleux florilège,
Sur les tréteaux de France un arôme d'amour.

LE PANACHE *

A Edmond Rostand.

Poète, sois heureux : car c'est ton vieux collège
Qui voulut envahir la Porte Saint-Martin,
Et près de toi, par toi, goûte le privilège
De s'asseoir en famille à ton royal festin.

Poète, sois joyeux : car, fervent d'allégresse,
Tout un peuple d'amis se presse avidement
Vers la coupe enchantée où tu verras l'ivresse
De ton vin généreux au clair pétillement.

Poète, sois béni : car le ciel était sombre,
Et, né dans la splendeur, finissait dans le deuil ;
Mais ton œuvre apparut, et fit du jour dans l'ombre,
Astre de son couchant ou fleur de son cercueil ;

---

* Poésie dite le 3 mars 1898, sur le théâtre de la Porte-Saint-Martin,
à la matinée accordée par l'auteur de *Cyrano de Bergerac* à ses anciens.
et jeunes camarades du collège Stanislas.

Et peut-être encor mieux, une aurore qui lève,
Un âge qui commence..... et l'on reste incertain
Si la fraîche lueur où scintille ton rêve
Est l'étoile du soir ou celle du matin.

Oui! l'Arachné du Nord, au ciel de notre Gaule,
Filait de la tristesse, et tissait de la nuit;
Mais superbe, tu vins, trouant d'un coup d'épaule
Le réseau de torpeur et le plafond d'ennui.

Tout le pôle chez nous débarquait sans vergogne;
Mais l'enfant du soleil, mousquetaire ou lion,
Conduisant au combat les enfants de Gascogne,
Fit enfin reculer l'obscur Septentrion.

Vainqueur, la France a pris ta victoire pour sienne;
Car ton drame ressemble à son meilleur passé;
Ta jeune frondaison, c'est sa richesse ancienne;
Et quel arbre jamais sans racine a poussé?

Le tien plonge au sol pur, au vrai sol atavique,
D'où la sève monta de verve et de gaîté;
Et la chevalerie au souffle magnifique,
Comme un clairon de gloire en sa cime a chanté.

Dans sa souple verdure, elle aussi, la ballade
Fit de ses rimes d'or sonner le cliquetis;
Et le burlesque même en tente l'escalade,
Mais âpre aux seuls félons et clément aux petits;

La tendresse à son tour visite son feuillage,
Et Roxane au balcon sent parfois sous sa main,
Des mots divins et doux le caressant sillage
Remonter « tout le long des branches du jasmin » ;

Et tandis que l'amour, oiseau subtil, s'y cache,
La chimère y suspend son splendide oripeau,
Et Cyrano mourant, son immortel panache,
Hautain comme un cimier, sacré comme un drapeau !

Ah ! pour ce fier panache où flotte une espérance
D'intrépide réveil et d'avenir vainqueur,
Pour ton cœur si français, la jeunesse de France
A toi, jeune comme elle, apporte tout son cœur.

Sous sa tunique, vois, la jeunesse s'approche,
Vibrante à ton appel et prête au bon combat ;
Et pour tout chevalier « sans peur et sans reproche »
Sentant à coups pressés sa poitrine qui bat.

Jette-lui tes beaux vers, pour qu'elle les savoure ;
Jette à ces affamés, bouches et cœurs ravis,
L'enthousiasme saint, l'honneur et la bravoure,
Tous ces fruits d'héroïsme à ton banquet servis.

Sois leur amphitryon, leur charmeur... et leur maître,
Car les Cyranos morts font d'autres Cyranos :
A ton école exquise un artiste peut naître,
A tes mâles accents peut surgir un héros.

Ainsi le but sublime à tes yeux se dessine.
Monte aux sentiers de l'Art, pèlerin éclatant :
Port-Royal refusait ses bravos à Racine,
Stanislas, moins austère, applaudira Rostand.

De t'égaler à lui, je n'ai pas cette audace,
Et toi-même sais bien que tu fis autrement;
Mais au sommet du Pinde il est plus d'une place,
Plus d'une aile en voyage au fond du firmament.

Poursuis donc en plein ciel ta lumineuse voie,
Et ton collège — aînés et cadets réunis, —
De ta part de triomphe aura sa part de joie :
C'est le vol des aiglons qui fait l'honneur des nids.

Sacrifice

ÉPISODE DRAMATIQUE, EN UN ACTE, EN VERS

A H. Parigot.

SACRIFICE

ÉPISODE DRAMATIQUE EN UN ACTE, EN VERS

PERSONNAGES
{
LE PRIEUR du monastère.
RAOUL, novice.
LOUISE.
}

La scène se passe à la Grande-Chartreuse, de nos jours.

DÉCOR

Cellule de novice ayant pour meubles un lit, une table, une chaise, une bibliothèque, un prie-Dieu. Grand crucifix suspendu au mur. Il fait nuit. Une lampe éclaire faiblement la cellule.

SCÈNE I

LE PRIEUR, RAOUL.

Au lever du rideau, Raoul est assis : attitude morne et accablée. Le Prieur, debout, lui parle avec une bienveillance affectueuse. Le Prieur porte la robe blanche des pères et Raoul la robe brune des novices.

LE PRIEUR.

Vous vous taisez, mon fils !... Vous craignez de me dire
Quel souvenir cruel cause votre martyre ;

Et d'un entier aveu rejetant la douceur,
A mon cœur paternel vous fermez votre cœur.
Puisque le ciel m'a fait Prieur du monastère,
Je puis donc, sans manquer à cette règle austère,
Qui prescrit nuit et jour le silence en ce lieu,
Je puis venir à vous qui revenez à Dieu;
A vous qui, dans ces murs, depuis un mois à peine,
Cachez mal à mes yeux une secrète peine,
Et sous ce toit, si triste à tout nouveau venu,
Traînez comme un fardeau quelque mal inconnu.
Si le Christ aima Jean d'une tendresse sainte,
Je puis bien vous aimer, et vous pouvez sans crainte
Vous confier à moi. Dieu seul saura guérir;
Mais l'homme peut du moins avec l'homme souffrir.
C'est le père et l'ami qui vous parle à cette heure,
Qui vous aime de vous avoir compris, et pleure
Par la seule raison que vous avez pleuré :
C'est un consolateur, ô cœur désespéré!
Allez! quelle que soit la blessure profonde,
Qu'en cet asile pur vous apportiez du monde,
Moi qui dans mon passé compte aussi des douleurs,
J'ai pitié de vos maux et respecte vos pleurs.

RAOUL.

O mon père! merci de cette sympathie
Que vous avez pour moi dès l'abord ressentie;
Merci de cet accueil, si rempli de bonté,
Que j'ai reçu de vous sans l'avoir mérité;
Moi, l'humble pénitent et le pauvre novice,
Moi sur qui reste encor la souillure du vice

Comme on bénit un saint, je vous bénis tout bas.

LE PRIEUR, *à part, avec doute et tristesse.*

Un saint!!!

RAOUL, *continuant.*

Mais sur mon mal, ne m'interrogez pas;
Ne cherchez pas à lire au fond de ce mystère.
Si vous avez souffert, vous savez, ô mon père!
Que tout chagrin profond est un chagrin discret,
Et qu'aux grandes douleurs il faut le grand secret.

LE PRIEUR.

Oui, toute âme qui souffre aime la solitude!...
Mais répandre en un cœur plein de mansuétude,
Et toute sa misère et tout son repentir,
Tout le flot de ses pleurs qui demande à sortir,
C'est peut-être un tourment, mais est-il donc sans charmes?
Pourtant, si vous avez la pudeur de vos larmes,
Gardez ce lourd secret dont vous êtes chargé;
Je garderai pour vous, ô cœur trop affligé!
La même affection religieuse et tendre.
Reposez quelque peu. Je viendrai vous reprendre
Quand les cloches, sonnant Matines, nous diront,
Au milieu de la nuit, d'aller courber le front
Devant l'autel du Dieu qui relève et console.
La prière vaut mieux que mon humble parole.
Puissiez-vous jusque-là dormir, puisse la nuit
Apaiser un moment votre éternel ennui!
Dieu vous garde, mon fils!

RAOUL.

Mon père, Dieu vous garde!

LE PRIEUR, *à part, en sortant.*

Oui, dors, toi que le Ciel a remis à ma garde,
Toi qui, sans le savoir, ne souffres que par moi,
Dors! je vais prier Dieu pour qu'il veille sur toi.

SCÈNE II

RAOUL, *toujours assis.*

Dormir! Ah! lorsque l'âme est toujours obsédée
D'un même souvenir et d'une même idée,
Le corps peut-il trouver un instant de sommeil?

Moment de réflexion profonde.

Quel étrange destin peut être au mien pareil?
Moi, qui pour horizon n'ai plus que la montagne,
Je naquis sur les bords de la mer, en Bretagne,
Et de la vie, à peine, eus-je touché le seuil
Que sur mon front d'enfant vint se poser le deuil.
Le drame a commencé mon existence amère.
Mon père fut tué dans un duel; et ma mère
Mourut bientôt après..... sans doute de douleur.
Par cette double mort, marqué pour le malheur,
Je quittai le château paternel, et des prêtres
Furent pendant longtemps mes hôtes et mes maîtres.
Séduit par leurs vertus, je me tournai vers Dieu.
Pour me donner à lui je faillis dire adieu

Dès l'âge de vingt ans à l'humaine tendresse.

Il se lève.

Mais je te vis, Paris, ô ville charmeresse !
Je te vis et, bientôt, m'attira le péché.
Le lévite d'hier devint un débauché.

Il marche avec agitation.

Ah ! qui pourrait me voir me traîner sur ces dalles,
Portant le capuchon, la robe et les sandales,
Pourrait-il reconnaître en ce moine attristé,
Ce Raoul de Régnieu qu'à travers la cité
On regardait passer magnifique et splendide,
La bourse toujours pleine..... et le cœur toujours vide.

Il s'arrête.

Mais pourquoi suis-je ici ? Pourquoi, dans mon passé,
Une femme de cœur a-t-elle donc passé ?
Pourquoi l'aimai-je tant et pourquoi m'aima-t-elle ?
Pourquoi cette barrière entre nous éternelle ?
Et pourquoi donc un autre ?

Il se rassied et reprend bientôt.

     Hélas ! rien qu'à la voir,
Sainte épouse attachée au rigide devoir,
Je redevenais pur, car c'est toujours la femme
Qui fait l'amant sublime ou qui le fait infâme ;
Et quand elle m'a dit : « Par notre amour sacré,
Par nos pleurs, jurez-moi de partir ! » — j'ai juré.
Pour tenir mon serment, j'ai traversé le monde,
Mais au Nord, au Midi, sur la terre ou sur l'onde,
J'avais toujours, gravés dans mes yeux et mon cœur,

Son sourire attirant et son regard vainqueur.
Tout seul contre l'amour, l'homme était sans défense ;
Alors je me souvins du Dieu de mon enfance,
Et j'accourus ici pour mettre entre nous deux,
Non plus de vastes mers, mais d'immuables vœux ;
J'accourus, mais en vain, car toujours dans mon âme,
Vivante est la blessure et brûlante la flamme.

Il se lève et prend un livre sur la table.

Pour l'oublier, tâchons de lire un peu. Voici
Saint Augustin... lisons, car il aimait aussi.

Il rejette bientôt le livre.

Il aimait !..... Comment donc oublia-t-il si vite ?

S'agenouillant devant le crucifix.

Prions, puisque à prier ce crucifix m'invite.

Après un moment.

Ma bouche prie encor, mais mon cœur est absent.
O Christ ! je te le dis tout bas, en rougissant,
Quand, au pied de ta croix, je viens te rendre hommage,
Même en te regardant je vois une autre image.

*Il se lève et va à la fenêtre étroite ; il l'ouvre : on aperçoit
alors les Alpes éclairées par une belle lune. Il regarde et s'écrie
bientôt :*

Oh ! qu'ici la nature est admirable à voir !
Quelle beauté le jour ! et quelle paix, le soir !
Te contempler, ô nuit ! c'est une autre prière...
O vous, étoiles d'or à la douce lumière,
Et vous, piliers du ciel, Alpes aux grands sommets,

O monts silencieux et calmes, où jamais
Ne montent les clameurs des cités et des plaines,
O neige toujours pure, ô forêts toujours pleines
De murmure ineffable et de recueillement,
Me mettrez-vous au cœur un peu d'apaisement?

Il reste plongé dans une contemplation muette et délicieuse.
Après un moment.

C'était, je m'en souviens, par une nuit semblable,
Qu'elle laissa tomber de sa bouche adorable
Dans mon cœur enivré l'inoubliable aveu!
C'était... Mais qu'ai-je dit?

Refermant la fenêtre avec violence.

O nature de Dieu!
Quand je viens te prier d'apaiser mon supplice,
De mon coupable amour tu te fais la complice.

Soudain, on entend frapper discrètement à la porte de la cellule.

On frappe!... Le Prieur déjà reviendrait-il?...
Ferme-toi bien, mon cœur, à son regard subtil.

Il va ouvrir.

SCÈNE III

RAOUL, LOUISE

*Louise entre enveloppée dans un immense manteau d'homme laissant
à peine voir son visage.*

LOUISE.

Raoul!

RAOUL.

Oh! cet accent!

LOUISE.

Raoul!

RAOUL, *avec un cri de joie involontaire.*

Mon Dieu! c'est elle!

LOUISE.

Oui, c'est moi, moi ta sœur, ta compagne fidèle,
Moi qui sous cet habit viens ici te chercher
Pour y mourir enfin... ou pour t'en arracher!

RAOUL, *qui a retrouvé un peu de force et de volonté.*

O ciel! qu'ai-je entendu? Mais savez-vous, Madame?...

LOUISE, *avec chaleur.*

Oui, je sais que mon acte est sacrilège, infâme;
Je sais qu'à toute femme est interdit ce lieu,
Et que, te reprenant, je te reprends à Dieu.
Ce que je sais aussi, c'est qu'il m'est impossible
De vaincre jusqu'au bout un amour invincible;
C'est que portant au cœur d'âpres et longs regrets,
Loin de toi, je souffrais, je pleurais, je mourais;
C'est qu'on proscrit l'amant, mais non pas sa pensée,
Et c'est qu'enfin du jour où ma bouche insensée
T'eut dit: « Ne me vois plus! » je n'eus plus qu'un espoir,
Qu'un rêve, qu'un désir, qu'un projet : nous revoir.

RAOUL.

Nous revoir! Mais pour nous ce seul mot est un crime.
Entre nous désormais s'est ouvert un abîme.

LOUISE, *l'interrompant*.

L'abîme est supprimé, puisque je l'ai franchi.
Va! j'ai dans la douleur longuement réfléchi;
Nul précepte divin et nulle force humaine
N'arrêteront jamais ceux que l'amour entraîne.
J'étais loin, et pourtant me voici.

RAOUL.

Mais comment?

LOUISE.

Lorsque j'eus dans mon cœur cédé secrètement,
Pour une ville d'eaux, à ces monts adossée,
Je partis seule un jour, avec cette pensée
Que de là je pourrais arriver jusqu'à toi.
La femme ne pouvait pénétrer sous ce toit;
Sous ce déguisement j'ai dérobé la femme.
J'entrai sans peur, l'amour enhardissant mon âme,
Et Dieu, sans doute, aidant mon projet hasardeux.
Dans le long corridor, devant moi, deux à deux,
Des moines tout à coup passèrent, toi du nombre.
— Comme en te revoyant je frissonnais dans l'ombre!
Et tous regagnaient leur cellule, et c'est ainsi
Que j'ai connu la tienne et que je suis ici.

RAOUL, *transporté malgré lui*.

Et que je suis à toi, tout à toi!... Mais que dis-je?

Il se contient de nouveau et dit à part :

Mon âme contiens-toi, résiste au doux vertige.

LOUISE, *se rapprochant de lui.*

Parle donc, mon Raoul, et laisse encor ta voix
Arriver à mon cœur, tendre comme autrefois.
N'est-ce pas, mon amant, c'était une folie
De chercher à briser la chaîne qui nous lie,
Et nous-mêmes, luttant contre nous nuit et jour,
De vouloir surmonter l'insurmontable amour?

RAOUL.

Non! c'était un devoir.

LOUISE.

Le devoir est chimère
Lorsqu'on s'aime.

RAOUL.

C'est vous l'épouse, vous la mère,
Qui me parlez ainsi! Vous ne savez donc pas
Quel double et noble rôle est le vôtre ici bas!

LOUISE, *d'une voix caressante.*

Moi je ne sais plus rien, je t'aime!

RAOUL.

Pauvre femme!
Quelques mois à ce point ont-ils changé votre âme?
Est-ce vous, dont la voix m'ordonna de partir?
Vous dont je vénérais le chaste cœur martyr?
Est-ce vous, dont l'image, à la fois douce et sainte,
Visitait l'exilé dans cette sombre enceinte,
En lui montrant du doigt le paradis ouvert?

LOUISE, *éclatant et avec précipitation.*

Tu ne comprends donc pas tout ce que j'ai souffert!
Tant que l'amant est là, tant qu'on peut voir encore
Ce regard qui vous parle et ce front qu'on adore,
On se croit du courage, on a de la vertu!
Mais dès qu'il est parti, le cœur tombe abattu.
L'héroïsme d'hier paraît une démence,
Et l'exil commencé, le supplice commence,
Ce supplice honteux aussi bien qu'étouffant :
Se trouver toujours seule auprès de son enfant,
Auprès de son mari, se trouver toujours veuve.
Non! non! je ne veux plus recommencer l'épreuve.
J'ai lutté vainement, vainement j'ai prié.
Ah! que de fois à Dieu, dans la nuit, j'ai crié
Ces seuls mots : « O Seigneur! faites que je l'oublie! »
Mais toujours de toi seul mon âme était remplie.
Mon âme, t'ai-je dit? Mais toute ma maison,
Et la vaste nature, et le vaste horizon,
Tout était plein de toi; mais le parc, les allées
Où mêlant nos deux cœurs, nos voix s'étaient mêlées,
L'espace où, dans le vent, pleurait ton souvenir,
Les eaux, les fleurs, les cieux, tout semblait nous unir,
Nous unir à jamais.

RAOUL, *avec une tristesse calme.*

                    Pourtant tout nous sépare.
O doux cœur féminin que la tendresse égare,
Aujourd'hui comme hier nous sommes séparés :
Nos pleurs n'ont pas détruit les obstacles sacrés;
La souffrance n'a pu renverser la barrière;

Regardons devant nous, regardons en arrière :
Que voyez-vous là-bas ? Votre époux, votre fils.
Et moi, devant mes yeux, que vois-je ?... Un crucifix.

LOUISE.

Un crucifix ?... Tes vœux sont-ils faits ? Et quand même
Ta bouche aurait juré quelque serment suprême,
Quand des liens sacrés t'enchaîneraient ici,
Tu peux bien les briser, puisque j'en brise aussi !

RAOUL.

Non ! des vœux absolus mon âme est libre encore,
Mais...

LOUISE, *brusquement et précipitamment.*

...Mais de ce cachot partons avant l'aurore !
L'amour t'y renferma ; l'amour t'y vient chercher.
Si tu veux en sortir, qui peut t'en empêcher ?
Nul ne peut malgré toi disposer de ta vie.
Suis-moi : nul ne saura que tu m'auras suivie.
C'est moi qui sortirai d'abord ; puis, tu viendras
Pour quelque nid lointain m'emporter dans tes bras ;
Et libres tous les deux nous jetterons à terre,
Moi, ce masque emprunté, toi, cette robe austère ;
Et par d'autres pays, sous un ciel plus clément,
Ayant droit au bonheur après le long tourment,
Et sentant en leur sein leur angoisse endormie,
Le voyageur et sa mélancolique amie,
Dresseront une tente à leurs calmes amours...

Puis lentement et plus bas.

Tu viendras, n'est-ce pas? car tu m'aimes toujours,
Tu m'aimes, je le sais... je le sens!

RAOUL, *à part.*

Oh! je cède!...

Puis, avec un effort surhumain et les yeux levés au ciel.

Louise, je vous aimais, mais Dieu vint à mon aide,
Par lui j'ai pu fermer, entrant dans ce séjour,
Mon souvenir au monde et mon cœur à l'amour.
Je ne vous aime plus.

LOUISE, *sans une seconde de doute.*

Si!... tu m'aimes encore.
Tu me caches en vain l'amour qui te dévore;
J'en crois tes yeux, j'en crois ton trouble et ta pâleur,
J'en crois ton premier cri d'ivresse et de bonheur
Qui t'échappa soudain quand tu me vis paraître.

RAOUL, *cessant enfin de lutter.*

Eh! bien, oui! j'ai menti! Je t'adore!... Ah! cher être
Qui, dans ma sombre nuit, t'es de nouveau levé,
Comme l'aube attendue et le bonheur rêvé;
Chère âme, qu'en ce cloître où la tristesse habite,
L'étoile de l'amour ramène au cénobite;
Chère absente, qui viens dans ces austères lieux
Me rendre le rayon qui tombe de tes yeux,
Et de ta bouche en fleur m'apporter le calice;
Oui, malgré l'abstinence et malgré le cilice,
Je n'ai pu rejeter ton brûlant souvenir,

Si bien que tout à l'heure en te voyant venir,
Je croyais simplement continuer mon rêve !
Oui, nous allons partir ! Va ! je sais une grève
Dans ma Bretagne, au pied d'un rocher de granit,
Où l'océan commence et le monde finit :
Je sais une retraite, ombreuse et solitaire,
Où nous pourrons trouver, oublieux de la terre,
L'éternelle union après l'exil amer !
Où, n'ayant pour témoins que le ciel et la mer,
Nous pourrons dans l'amour, enfermant notre vie,
Rassasier enfin notre âme inassouvie !...
Oui ! je t'aime et je suis bien heureux !...

LOUISE.

Moins que moi !.

RAOUL.

Mon cœur est envahi d'un indicible émoi !
Voici que mon regard de ton regard s'enivre,
Et voici qu'en ce jour je recommence à vivre !

LOUISE, *avec une douceur profonde.*

Aimons-nous.

RAOUL.

Aimons-nous, puisque victorieux
L'autoritaire Amour prévaut sur la défense,
Et que le ciel ne peut tenir pour une offense
Notre humble obéissance au maître impérieux.

LOUISE.

C'est toi, c'est toi mon maître !... et mes nuits d'agonie

Voyaient reluire, ainsi qu'un lumineux fanal,
Ces mots sacrés — les tiens — « L'Amour n'est pas un mal,
Le mal étant la haine et non pas l'harmonie. »

RAOUL.

Aimons-nous, aimons-nous, puisqu'une volonté
De nous indépendante et sur nous souveraine,
Irrésistiblement vers ton baiser m'entraîne
Et te créa pour moi, de toute éternité.

LOUISE.

C'est toi ma volonté! car loin de ta présence,
S'envole mon courage et ma bonté s'enfuit;
Mais dès que mon destin vers toi me reconduit,
Je redeviens ardeur, dévouement, bienfaisance.

RAOUL.

Aimons-nous, aimons-nous, puisque sur mon chemin
La loi du cœur sublime et douce te ramène,
Et qu'au fond, tout au fond, la conscience humaine
Ne se sépare pas d'avec le cœur humain.

LOUISE.

C'est toi ma conscience! et compagne fervente,
Je m'incline à ton joug adorable et fatal,
— Et comme saint François guidait sainte Chantal —
Vers un splendide hymen tu guides ta servante.

RAOUL.

Aimons-nous, aimons-nous, puisque ce martyr-là

Montrant du doigt le crucifix.

Dont cette croix a bu le sang pur goutte à goutte,

Fut clément à l'Amour rencontré sur sa route,
Ne le maudit jamais, toujours le consola.

LOUISE.

Ah! c'est toi mon seigneur et mon Dieu! je suis tienne
Comme la Magdeleine était toute à Jésus;
Au manteau de tes jours que mes jours soient cousus,
Pour que je me réchauffe et que je t'appartienne.

RAOUL *et* LOUISE, *unissant leurs voix et près d'unir leurs bouches.*

Aimons-nous.

Brusquement, on entend sonner la cloche du monastère.

RAOUL.

Ciel!

LOUISE.

Qu'as-tu? Ton cœur a frissonné?

RAOUL.

N'as-tu pas entendu?

LOUISE.

Quoi?

RAOUL.

La cloche a sonné!

LOUISE.

Et que me fait sa voix? Qu'importe si par elle
D'autres sont appelés? Nous, l'amour nous appelle.

RAOUL, *avec instance.*

Oh! sors un moment, sors!

LOUISE.

Qu'est-ce donc ?

RAOUL.

Ce n'est rien,

Mais va-t'en, il le faut !

La porte s'ouvre et le Prieur entre.

RAOUL, *désespéré.*

Trop tard... je savais bien !

SCÈNE IV

LE PRIEUR, RAOUL, LOUISE

LE PRIEUR, *surpris et atterré en apercevant Louise, dont le manteau presque tombé laisse voir le visage et les cheveux de la jeune femme.*

Dieu ! Quel est ce visage, et quel est ce mystère ?
Une femme a franchi le seuil du monastère !
Une femme ! mon fils !

Moment de silence.

Ah ! je devine tout !...
Je vous condamne, hélas ! mais je vous plains surtout.
Jeunes cœurs imprudents aussi bien que coupables,
Vous touchez donc sans crainte aux lois inviolables !
Pauvres enfants !

LOUISE, *se jetant aux genoux du prieur.*

Mon père ! oh ! je tombe à genoux !

Je sens que votre cœur est bon : pardonnez-nous.
Je profane ces lieux, vous pourriez me maudire,
Je le sais; mais tenez, nous allons tout vous dire.
Le regret nuit et jour tous deux nous consumait;
Le tendre souvenir de celle qu'il aimait
L'a suivi malgré lui sous ces voûtes austères;
Et moi qui pressentais ses larmes solitaires,
Moi qui pleurant aussi souhaitais son retour,
Je viens vous le ravir pour le rendre à l'amour.
Quand le cœur doit céder sous le poids qui l'opprime,
L'amour n'est plus un mal.

LE PRIEUR, *s'adressant à Raoul.*

Mais n'est-il pas un crime,
Lorsque des deux amants l'un, étant marié,
A de sacrés devoirs est pour jamais lié ?

RAOUL.

Marié! qui vous dit?

LE PRIEUR.

Eh! l'auriez-vous quittée?
Dans l'éternel chagrin l'auriez-vous donc jetée?
Auriez-vous déchiré votre cœur et le sien
Si cette femme était libre de tout lien?
Non, non, si vous avez fui pour jamais la terre,
Ce n'était pas pour fuir l'amour, mais l'adultère.
    Moment de silence général.
Vous vous taisez... hélas! j'ai dit la vérité.

RAOUL.

Hélas! dites aussi que nous avons lutté.

Vous êtes secourable aux faibles cœurs, mon père !.
Mais vous ne savez pas, et pour vous, je l'espère,
Vous n'avez jamais su ce qu'au cœur ulcéré,
L'irrévocable adieu du seul être adoré
Laisse de meurtrissure et de désespérance.

LE PRIEUR, *à part.*

Peut-être !

RAOUL.

Quel exil ! quels pleurs ! quelle souffrance !
Pour suivre le chemin de l'austère vertu,
Nous avons tant prié, mon Dieu ! tant combattu !

LE PRIEUR.

Mais justement, mon fils, ces longs mois de noblesse
Ne nous permettent plus une heure de faiblesse.
Eh quoi ! lorsque vos cœurs, chastes crucifiés,
Sur l'autel du devoir s'étaient sacrifiés ;
Lorsque, sans un délai, sans une défaillance,
Vous avez pu montrer une telle vaillance,
Que moi, vieillard meurtri par d'intimes combats,
Devant tant de grandeur je m'incline tout bas,
Vous oseriez ternir votre héroïque gloire,
Et tomberiez vaincus, touchant à la victoire !...
Et pourquoi ? Quel plaisir vous attend en retour ?
Vous partez, mais où donc allez-vous ?

LOUISE.

A l'amour !

RAOUL.

C'est-à-dire au bonheur !

LE PRIEUR.

Non! mais à la souffrance!
Ah! d'être heureux toujours vous avez l'assurance,
Et dans la fausse route où demain vous partez
Vous ne pensez cueillir que des félicités.
Comme vous vous trompez! Dans les coupables voies,
On rencontre toujours, même au milieu des joies,
De terribles chagrins, de mordantes douleurs,
Ainsi que des serpents qui rampent sous les fleurs.
Dieu laisse quelquefois, de sa main vengeresse,
Au jardin d'adultère, où fleurit la caresse,
Tomber ce fruit amer qu'on nomme châtiment,
Et dans la coupe d'or où rit le vin charmant
Des plaisirs, s'amasser l'amertume et la lie.
Croyez-moi, croyez-en, oh! je vous en supplie,
Celui qui vers la mort s'en ira plus heureux,
S'il peut vous arrêter au bord du gouffre affreux.

RAOUL.

Dieu n'est pas si cruel à l'humaine misère!

LE PRIEUR.

Dieu punit le péché.

RAOUL.

Mais non l'amour sincère
Et douloureux. Il est le Juge intelligent
Qui, pénétrant tout l'homme est pour l'homme indulgent.

LE PRIEUR.

Aux voluptés de chair qui blessent sa paupière,
Il jette l'anathème.

RAOUL.

A-t-il jeté la pierre
A l'humble pécheresse au front épouvanté?
Il ne fut jamais dur que pour la dureté!

LE PRIEUR.

Sans doute au repentir Jésus n'est pas sévère,
Mais lorsque le pécheur orgueilleux persévère
Dans la faute et l'offense, il frappe sûrement.
Il est le Dieu très juste

RAOUL.

Et le Dieu très clément.
D'ailleurs quand l'amour crie, en nous se tait la crainte.
Le cœur parle une voix plus pressante et plus sainte
Que tous les arguments et que tous les effrois.
L'âme a ses devoirs, soit; mais le cœur a ses droits.

LE PRIEUR.

Impiété coupable encor plus que subtile!
Et vous-même savez le creux d'un pareil style.
Vous habillez en vain de mots pompeux et chers
Les appétits des sens et les erreurs de chairs;
Vous ne pouvez toucher à la femme d'un autre,
Vous ne pouvez jouir d'un bien qui n'est pas vôtre,
Vous ne pouvez fonder, sans pitié pour autrui,
Votre propre bonheur sur un bonheur détruit.
Cela n'est pas humain et cela n'est pas juste,
Et votre loyauté si droite et si robuste,
Même quand le sophisme est par vous répété,
En discerne déjà toute l'iniquité.

RAOUL, *ébranlé.*

. Oh! mon Dieu! pourquoi donc laisses-tu dans nos âmes
S'allumer et grandir les criminelles flammes?

LOUISE.

Ou pourquoi nous ravir le pouvoir, ô mon Dieu!
D'échapper à ce crime et d'étouffer ce feu!

> *Puis d'un ton résolu et désespéré.*

Du reste, il est trop tard; et nos deux destinées
S'en vont à l'inconnu, l'une à l'autre enchaînées;
Revenir sur nos pas ne nous est plus permis,
Puisque, dans notre cœur, tout le crime est commis;
Malgré nous, malgré vous, ô vieillard magnanime!
Nous courons à l'amour, nous courons à l'abîme...
Qui peut me retenir, alors que, sans pleurer,
Ou si j'avais des pleurs, du moins sans les montrer,
A l'heure du départ décisif et suprême,
J'ai quitté mon pays, mon foyer...

> *Plus bas.*

mon fils même!

LE PRIEUR, *éclatant.*

Et quoi! vous êtes mère, et vous êtes ici!...

> *Moment de silence.*

Vous avez pu laisser votre fils!... vous aussi!

> *Il réfléchit encore.*

Eh bien! puisqu'il le faut, puisque le solitaire
Doit faire cet aveu qu'il aurait voulu taire,
Écoutez! comme vous, j'aimai, je fus aimé!

Et notre amour était suave et parfumé ;
Mais il était fragile, étant illégitime ;
Et nous fûmes bientôt surpris dans notre crime.
Celui que j'offensais pouvait être cruel,
Mais, généreux, au meurtre il préféra le duel.

RAOUL, *à part.*

Un duel !

LE PRIEUR.

Je l'acceptai, ne voulant, je le jure,
Que lui donner mon sang pour laver son injure.
Mais lui-même, aveuglé par sa juste fureur,
Se jeta sur mon fer en me visant au cœur.
Il tomba. Cette mort est dans mes yeux restée...

A voix basse.

Et ma vieillesse encore en est ensanglantée.

RAOUL.

Et que devint l'épouse ?

LE PRIEUR, *à part.*

Ah ! faut-il achever
Ce lugubre récit, afin de les sauver ?

RAOUL.

Mon père, répondez, que devint cette femme ?

LE PRIEUR.

Refoulant ses douleurs dans le fond de son âme,
Par un reste d'amour, mais surtout par pitié,

Du crime et du remords elle prit la moitié.
J'avais dû fuir. Bientôt elle vint me rejoindre.
Emportant notre amour, — notre amour déjà moindre —
Nous partîmes bien loin!... Déjà moindre, ai-je dit?
Déjà mort, déjà mort dans notre cœur maudit.
La tendresse jamais ne survit à l'estime,
Et l'estime finit où commence le crime.
Elle, héroïquement, s'attachait à mes pas.
Mais je voyais ses pleurs qu'elle ne montrait pas.
Les saintes voluptés nous étaient interdites!
Elle en mourut bientôt.

RAOUL.

Elle en mourut, vous dites?
Le nom de son mari?

LE PRIEUR, à part.

Soutenez-moi, mon Dieu!
C'était!

RAOUL.

Eh! bien?

LE PRIEUR

C'était le comte de Régnieu.

RAOUL, avec un cri de douleur et de rage.

Honte et malheur sur toi, qui m'as tué mon père!
Va-t'en, moine, va-t'en, car je sens la colère
Me monter à la bouche et me gronder au sein
Contre le séducteur et contre l'assassin!

LE PRIEUR, *tombant aux genoux de Raoul.*

Oui! donnez-moi ces noms que le cœur vous inspire;
Et que votre courroux puisse en un jour me dire
Ce que, depuis trente ans, me disent mes remords.
Punissez le coupable et, pour venger les morts,
Accablez le pécheur au front sexagénaire.

                        Un moment de silence.

Connaissant votre nom, j'aurais pu tout vous taire;
Mais j'ai voulu tout dire, afin que, quelque jour,
Vous ne méritiez pas de voir, à votre tour,
S'élever contre vous le fils de cette femme,
Afin qu'un premier drame épargne un second drame
Et que vous rejetiez cet amour meurtrissant,
Qui ne laisse après lui que la honte ou le sang.
Ah! soyez sans pitié pour moi, soyez sévère,
Tant mieux, mais sauvez-vous.

                Moment de silence général.

    LOUISE, *tendant sa main au Prieur toujours agenouillé.*

                        Relevez-vous, mon père
Votre passé n'est plus, vos pleurs l'ont expié!
Le Prieur s'est assez et trop humilié!
Il est plus grand que nous celui dont la vieillesse,
S'abaissant noblement devant notre jeunesse,
Veut encourir la honte, afin de nous l'ôter.

        S'adressant à Raoul.

Et vous que j'aime tant..... mais que je vais quitter,
Soyons forts, et trouvons, évitant toute chute,
Un suprême triomphe en la suprême lutte;

Et puisque en ce récit, qui nous a fait trembler,
La voix de Dieu lui-même a paru nous parler,
Reprenons tous les deux notre tâche sur terre,
Moi dans le monde, hélas ! vous dans le cloître austère,
Et si nous chancelons dans notre dur chemin,
Nous prierons l'un pour l'autre en nous tendant la main.

RAOUL, *relevant peu à peu la tête.*

Oh ! qu'une âme de femme est généreuse et forte,
Quand, vers le sacrifice, un saint élan l'emporte,
Et si, par trop d'amour, elle tombe un moment,
Qu'elle remonte vite au noble dévouement !
Il faut donc qu'elle parte, alors que je demeure ;
Et tristes pèlerins s'étant rejoints une heure,
Nous devons entre nous remettre désormais
Ce mot irréparable et déchirant : Jamais !
Eh ! bien, séparons-nous. Dans notre âme blessée
Nous garderons, du moins, cette chère pensée,
Que plus nous souffrirons de l'exil, plus nos cœurs
Iront se rapprochant dans les mêmes douleurs.

LOUISE.

C'est vrai ! nous nous quittons et pourtant il me semble
Que, restant vertueux, nous resterons ensemble.

RAOUL.

Hélas ! j'en souffrirai, mais j'aurai la douceur
De me dire tout bas : Elle est toujours ma sœur,
Ma sœur dans la vertu comme dans la souffrance.

LOUISE.

Oh! mon frère!

RAOUL.

Et plus tard j'aurai cette espérance,
Qu'après les pleurs, qu'après les longs jours douloureux,
Elle est sans doute heureuse auprès d'un fils heureux.
Qu'elle s'en aille donc, ainsi qu'elle est venue;
Sa faiblesse d'un jour ne sera pas connue,
Et l'œil du voyageur demain ne pourra pas
Retrouver sur ce seuil la trace de ses pas.
Moi seul je garderai, dans mon âme meurtrie,
Le souvenir sacré de l'absente chérie,
Et par ce sentiment, chaste et tout fraternel,
J'essaierai d'adoucir mon martyre éternel,
En attendant qu'au ciel nos âmes réunies
Puissent goûter enfin les amours infinies!

*Il la prend doucement par la main et la reconduit vers la
porte en lui disant :*

Adieu, chère âme!

LOUISE, *les yeux en pleurs.*

Adieu pour la dernière fois!

RAOUL.

Tu pleures.

LOUISE, *essuyant ses larmes.*

Je pleure, oui!... mais je pars!

Elle sort lentement et se soutenant à peine. Raoul la suit du

*regard, puis, quand elle a disparu, il tombe accablé sur la
chaise.*

LE PRIEUR, *levant les yeux vers le crucifix.*

Dieu, qui vois

De ces nobles enfants le sacrifice insigne,
Puisque de les bénir un vieillard n'est pas digne,
Bénis-les pour ton prêtre, et conduis-les, Seigneur,
Des tourments passagers à l'éternel bonheur !

IV

Les Haltes d'Intimité

Jours de fêtes

LA FÊTE DE LA PETITE SOEUR

A ma sœur J...

Si j'étais près de toi, jeune fille ou fillette,
Pour ta fête aujourd'hui, je voudrais déposer
Dans ta petite main une fleur ou fleurette,
Sur ton front sororal un fraternel baiser.

Mais comme je suis loin de ton gentil sourire,
Je t'offre seulement le bouquet de mes vœux
Dans ces vers; puissent-ils à tes douze ans sourire,
Et mes humbles quatrains plaire à tes calmes yeux !

Bleus comme un peu de rêve et beaucoup d'innocence,
Bleus comme les bleuets sous les épis dorés,
— Car tes cheveux sont blonds, — ou comme la nuance
Du Rhône qui chez nous déborde à travers prés,

Ces yeux m'ont raconté ton âme matinale,
Ton âme pure encor de faute et de douleur,
Au soleil de la Foi grandissant virginale,
Comme au soleil des cieux s'épanouit la fleur,

Grandissant, jeune lys, sous les mains attentives
De ces femmes de Dieu qui vont la cultivant,
Hospitalières sœurs et mères adoptives,
Dans l'ombre des saints murs et la paix d'un couvent.

Sois-leur reconnaissante ; aux fleurs de leur domaine,
Elles versent rosée et proposent soutien :
Accueille le savoir, cette parure humaine,
Cueille la piété, cet arome chrétien.

Le savoir ! Sois l'élève aux vérités docile ;
Apprends, apprends à lire en l'alphabet du Beau ;
Pour la femme surtout la vie est difficile,
Et le livre est alors un secours, un flambeau.

La piété ! Souvent de ta lèvre enfantine
Fais monter la prière aux pieds de l'Éternel,
Pour ton père d'abord, ô ma pauvre orpheline,
Pour ton père parti le premier vers le ciel.

— Je me souviens toujours que sa mâle tendresse
Pour toi se faisait douce ; et je revois encor,
Quand son front s'inclinait sur ton front qu'il caresse,
A ses cheveux blanchis s'unir tes boucles d'or —

Pour notre mère aussi, qui voulut, cœur de flamme,
Réchauffant tous les siens d'un amour éternel,
Nous dévouer sa vie, et son corps, et son âme :
Sacrifice : vrai nom du rôle maternel !

Pour notre mère morte en la saison suivante,
S'en allant jeune encor et rapportant à Dieu,
Diligente chrétienne et mystique servante,
De sa foi, lampe d'or, l'inextinguible feu ;

— Que Dieu près de l'époux place à jamais l'épouse,
Et que nos cœurs d'enfants, toujours, et tout au fond,
Gardent une tendresse invisible et jalouse
A ces deux endormis du sépulcre profond —

Et pour la grande sœur aimante, autant qu'aimée
De la petite sœur, de ce tardif oiseau
Qui naissait quand notre aile était déjà formée,
Égayant le vieux toit de son jeune berceau ;

Pour tes frères enfin, ballottés par la vie,
Et qui de leur campagne ou bien de leur cité,
Jettent un long regard de regret et d'envie
Vers ton nid de silence et de tranquillité.

LA FÊTE D'UN AMI

TRADUIT DE TIBULLE *(Élégies, II, 2.)*

Au poète André Bellessort.

Voici du jour natal le cher anniversaire.
    Portons nos offrandes aux dieux;
Et vous tous, observant le rite nécessaire,
    Gardez un silence pieux.

Pieusement, brûlons au foyer des dieux lares
    Le propitiatoire encens,
Et sur les saints trépieds, brûlons les parfums rares
    De l'Arabe aux yeux languissants.

Que Génius, lui qui veille à ta destinée,
    De ces honneurs prenne sa part;
Qu'il ait de roses fleurs la tête couronnée
    Et le front parfumé de nard.

Offrons-lui le gâteau fait avec l'huile sainte,
    Le miel et le froment divin;
Dans sa coupe versons, non la stérile absinthe,
    Mais le vin généreux, le vin.

Verse aussi devant lui ta prière, ô Cérinthe,
        Car il voudra ce que tu veux ;
Implore sans retard et demande sans crainte,
        Lui demande à remplir tes vœux.

Ton cœur rêve d'abord — du moins je le suppose, —
        L'épouse au vœu loyal et sûr ;
Et déjà, je le crois, les dieux savent la chose,
        Et bientôt le fruit sera mûr.

Et que te font à toi les domaines immenses
        Qu'envahit l'immense labour
Sous les rustiques mains porteuses de semences ?
        — Ta seule richesse est l'Amour.

Et que te fait aussi que la mer Rouge étale
        Sous la clarté du firmament
Pour le noir Indien la perle orientale ?
        — L'Amour est ton seul diamant.

Ah ! puisse donc l'Amour, visitant ta demeure,
        Vous apporter avec l'hymen
La douce chaîne d'or qui sans cesse demeure,
        Nouant ta main avec sa main ;

Qui demeure toujours, même aux heures arides
        Où, tardive pour tous les deux,
La vieillesse mettra sur votre front les rides
        Et la neige sur vos cheveux.

Puisse alors revenir cette fête bénie
        Pour les deux aïeuls triomphants,
Et s'ébattre à vos pieds la troupe réunie
        De vos nombreux petits-enfants !

PREMIER SOURIRE

A Marie-Thérèse Delzant.

UNE étoile, dit-on, eut ton premier sourire.
Croyais-tu donc alors, voisine encor du ciel,
Revoir le hochet d'or qu'un chérubin fait luire,
Ou le cimier d'archange au front de Gabriel ?

Ou dans l'œil de ta mère ayant déjà su lire,
Comme en un clair miroir reflétant l'éternel,
Comparais-tu tout bas, et sans pouvoir le dire,
Le rayon sidéral au regard maternel ?

Et par toi cependant, originelle entente,
Le trait diamantin de la gemme éclatante
Allant frapper ton âme, était compris soudain,

Comme si des clartés, en naissant, coutumière,
Tu devais être un jour au terrestre jardin
Une sœur de l'étoile, une fleur de lumière.

PREMIÈRE COMMUNION

A ma filleule Isabelle H...

Laissez venir à moi tous ces petits enfants »,
Disait-Il autrefois, familial et tendre ;
Et de nos jours encor le Pasteur aime tendre
A ses chères brebis ses deux bras réchauffants.

Aux plus jeunes, aux plus craintives, aux plus frêles
Il fait surtout appel, et les prend sur son sein ;
Et, de son tabernacle, il sourit à l'essaim
Des jeunes filles, ses timides tourterelles.

Chaque année, au printemps, ineffable glaneur,
Il descend ici-bas pour faire ses cueillettes
De lys immaculés et de tendres fillettes,
Dans les pieux couvents, ces jardins du Seigneur.

Laisse-toi donc cueillir et réponds confiante,
Toi, l'enfant de la terre, à sa divine voix ;
Toi qui vêts ce matin pour la première fois,
La robe aux plis neigeux de la communiante.

Moi, je suis ton parrain ; mais ton époux, c'est Lui ;
A ta virginité le roi des cieux lui-même,
—Jour de noce plus beau que le jour de baptême ! —
Pour demain, pour toujours, se marie aujourd'hui.

Car tu n'étais qu'au seuil de sa maison sacrée...
Mais achevant le don et complétant l'hymen,
Avec dilection il te prend par la main
Et lui-même à sa table il te guide et t'agrée.

A l'immortel banquet de son peuple chrétien,
Il te donne une place, ô tremblante convive,
Car ainsi que le corps, il veut que l'âme vive...
Oh ! sois d'abord une âme, et le reste n'est rien.

Sois une âme avant tout, et par surcroît, le reste
A son heure viendra, lorsqu'en toi brilleront
Les grâces de l'esprit et les grâces du front,
Ces terrestres parfums de l'âme, fleur céleste.

Songe, petite amie, à cette fleur des cieux.
Fais plier au devoir sa tige obéissante ;
Et que Jésus aimant sa corolle innocente,
Descende y composer son miel délicieux.

Enrichis d'amour pur ses jeunes étamines ;
De suave candeur sache l'environner ;
Et laisse dans ton cœur jour à jour s'égrener
Le tendre chapelet des vertus féminines.

Sois la violette humble et douce — la douceur
C'est la vocation des femmes sur la terre —
Et qu'à l'eau de bonté qui seule désaltère
S'arrose ton calice et s'étanche ton cœur.

LE NOM D'EMMANUEL

A mon neveu Emmanuel G...

I

EMMANUEL! de ce nom qui fut le nom d'un frère
Mort très jeune, j'avais pieusement nommé
Un héros de roman, un enfant littéraire,
Pour rappeler l'enfant réel par nous aimé.

Mais mon pâle héros mourut au lieu de vivre;
Et repris de nouveau par le hâtif oubli,
Le cher nom fraternel, sans éclat dans mon livre,
Ainsi qu'en une tombe était enseveli.

Alors, voyant cela, ma sœur et mon amie
Formèrent un complot exquis et triomphant,
Et se dirent tout bas, en un jour d'harmonie :
« Pour mieux sauver le nom, ressuscitons l'enfant ».

Et l'amie ajouta : « Je serai la marraine ».
« Par suite, je serai la mère », dit ma sœur...
C'est ainsi qu'en ce jour, dans l'église sereine,
Comme aux bords du Jourdain saint Jean-le-Précurseur,

Un prêtre a baptisé cet enfant de la terre,
Et fait, selon le rite auguste, un fils du ciel,
Par un peu d'huile sainte et d'onde salutaire,
En disant : « Sois chrétien : je te nomme Emmanuel! »

II

Emmanuel! nom sacré que les mères bibliques
Ne prononçaient, dit-on, qu'en courbant les genoux,
Car en langage hébreu ses syllabes mystiques
Signifiaient aux cœurs : *Dieu descend parmi nous!*

Emmanuel! nom très pur comme un jour de baptême,
Qui fut psalmodié depuis les temps anciens,
— N'est-ce pas un des noms qu'on donne à Jésus même?
Dans les pieux versets de tous les paroissiens.

Qu'il te porte bonheur, doux convive au teint rose,
Héros de cette fête et roi de ce festin,
Ange paré comme une idole, fleur éclose
Au sein de ta nourrice en un nid de satin.

Pour ton âme de lys et ton corps de colombe,
Qu'il soit un talisman suave et précieux,
Afin que loin du mal, du berceau vers la tombe,
Tu marches toujours droit, sur la route des cieux.

Puisses-tu rappeler, enfant qui seras homme,
Ton père et ton parrain, travailleurs valeureux!
Puisses-tu quelque jour aimer et charmer, comme
Ta marraine aux yeux noirs et ta mère aux yeux bleus!

Et du poète aussi recevant quelque chose,
Puisses-tu, successeur à demi filial,
Cultiver après moi — mais mieux que moi — la Rose
De Justice et d'Amour au jardin d'Idéal!

29 août 1896.

DIALOGUE D'AMES

A Monsieur et Madame Richardel.

L A noce radieuse et douce, le cortège
    Des amis saluant l'aurore d'un bonheur,
Et la vierge marchant sous sa robe de neige,
Par un riant matin vers l'autel du Seigneur;

L'église aux fiancés s'ouvrant hospitalière,
De l'une à l'autre main échangeant les anneaux;
Et doux comme l'Amour, purs comme la Prière,
Les chants d'orgue roulant sous les divins arceaux;

Les dons faits ou reçus en signe de tendresse,
Et les sourires clairs, du baiser précurseurs,
Et les bouquets aux mains — qui parlent d'allégresse,
Et les fleurs aux cheveux — qui parlent de douceurs;

Et le repas joyeux sous les chants d'hyménée
Se déroulant; les voix au couple nuptial
Portant les derniers toasts, et l'heureuse journée
Éclose avec le rire, éteinte avec le bal...

Tout cela n'est qu'image, ou symbole, ou prologue;
Mais le fait véritable, exquis, délicieux,
C'est au fond des deux cœurs ce muet dialogue :
« Pour la vie, ô ma sœur! — Mon ami, pour les cieux! »

Litanie des Jours bénis

SONNET-PRÉLUDE, D'APRÈS PÉTRARQUE

Oh ! bénis soient le jour, et le mois, et l'année, .
Et le moment du jour, et l'éclair du moment,
Et le coin d'univers où naquit le tourment
De mon âme, à votre âme à jamais enchaînée !

Et béni, le subtil et suave hyménée
Qui tisse entre nous deux son fil de diamant ;
Et béni, l'arc fatal d'où partit brusquement
L'inévitable flèche à mon sein destinée !

Béni, mon luth qui jette à tous les horizons
L'ardeur de mes soupirs, l'essaim de mes chansons,
En l'honneur de ma Dame — elle surtout bénie ! —

Et bénis, tous mes vers à son nom dédiés,
Tout ce concert d'amour, tout ce flot d'harmonie,
Qui jaillit de mon cœur et roule sous ses pieds !

I

DIES DULCEDINIS

Puisque Dieu rapprocha mon âme de votre âme,
Puisque votre jeunesse et votre vénusté
Étaient l'exquis jardin promis à mon été,
Oh! soyez la douceur encor plus que la flamme...
La douceur est le fruit suprême que réclame
Mon cœur longtemps meurtri, souvent désenchanté.

II

DIES MANSUETUDINIS

O ma fleur la plus chère, étant ma fleur dernière,
Ne laissez pas épine ensanglanter ma main;
Brisez de vos courroux la tige meurtrière;
Calice harmonieux au pacifique hymen,
Ouvrez-vous; parfumez, vous encor printanière,
D'un amour sororal mon automnal chemin.

III

DIES FORTITUDINIS

Quand le doute mettra votre âme à l'agonie,
Songez que mon amour, dont vous avez douté,
Naquit au bord des mers en un jour d'harmonie,
Grandit au bord des lacs avec les soirs d'été,
Et qu'il ressemble aux lacs par sa paix infinie,
Et qu'il ressemble aux mers par sa pérennité.

IV

DIES ELYSEA

Que nos âmes, après leurs tragiques orages,
Achèvent dans le Bien leur voyage d'Amour,
Pour que la mort venue, à l'abri des naufrages,
Méritant d'aborder l'élyséen séjour,
Sur les calmes ormeaux des lumineux rivages,
Ces ramiers au vol las se blottissent un jour.

V

DIES SIDEREA

O chère, voulez-vous? à l'heure vespérale
Qui fait le cœur plus triste et plus amer l'exil,
Choisissons une étoile, auberge liliale,
Pour rendez-vous... et loin de ce monde trop vil,
Et ramant du désir, cet aviron subtil,
Voguons vers la patrie hautaine et sidérale.

VI

DIES GALILEA

Dans le pays d'Hérode, époux d'Hérodiade,
Ma sœur, il est un lac où vont incessamment
Les âmes par essaim, les cœurs par myriade,
Plus pur que le Bourget, plus beau que le Léman,···
Car sur tes flots marchait l'incomparable Amant,
Lac de Génézareth ou de Tibériade!

VII

DIES AMBULATIONIS

Sous les derniers rayons d'un soleil pâlissant,
Nous errâmes parfois dans les grands cimetières;
Et de Vigny, Musset, ou Guy de Maupassant,
Quand cheminaient vers eux nos ombres coutumières,
Du frisson regretté tressaillaient sous leurs pierres,
Sentant venir l'Amour, l'ineffable passant.

VIII

DIES ABSOLUTIONIS

Au tissu de nos cœurs trop longtemps nous brodâmes,
Meurtris et meurtrissants, de trop sanglantes fleurs;
Mais le baiser de paix absout enfin nos âmes,
Et nos ressentiments jaloux et querelleurs,
Sur nos deux bouches sœurs éteignirent leurs flammes :
Le fleuve du pardon submergea nos douleurs.

IX

DIES CONSOLATIONIS

Dans nos heures d'angoisse et de mélancolie,
Écoutant les conseils du divin Guérisseur,
Pour être consolés, consolons, ô ma sœur;
Plaignons les malheureux que notre mal oublie:
De leur vin d'amertume ôtons un peu de lie,
Et notre vin d'amour aura plus de douceur!

X

DIES GRATISSIMA

En vous quittant, je vous bénis, ma souveraine!
Car au milieu de tous, seul, vous m'avez choisi
Pour la communion mystique et surhumaine,
Car vous m'avez élu pour vos lèvres... et si
Me tuait par hasard ce wagon qui m'emmène,
Je mourrais plus heureux, vous ayant dit : « Merci. »

XI

DIES ALBISSIMA

Jour de Noël, 189...

Nous, pèlerins d'amour et de douleur, parmi
Les bergers et les rois entrons au pur cortège,
Et portons notre hommage à l'Enfant endormi.
Vois! déjà notre cœur de son fardeau s'allège;
Et rien qu'en approchant du pacifique Ami,
Sur nos blessures, vois! c'est de la paix qui neige!

XII

DIES PIISSIMA

Jour de Pâques, 189...

Oh! de ceux de Jésus nous eussions fait partie!
Il eût dans ses filets, pêcheur subtil et beau,
Pris nos deux âmes sœurs, comme une double hostie;
Et nous eussions été, pour le mettre au tombeau,
Baisant les trous sanglants de son corps, cher lambeau,
Vous, Madeleine, et moi, Joseph d'Arimathie!

Jours mélancoliques

AU BORD DES LACS

Amie, ô sœur de route et de pèlerinage,
Où s'attardaient vos pas quand mes pas isolés,
Erraient près de ces eaux où voltige et surnage
L'immortel souvenir de nos jours envolés ?

Où donc vous retenait l'amère destinée
Quand je retournais seul aux grands monts infinis,
Et cheminais au bord des lacs, où l'autre année,
Couple mystérieux, nous cheminions unis ?

A qui donc parliez-vous, quand votre ami fidèle
A la grande Nature a crié votre nom,
Et demandait aux flots berceurs : « Reviendra-t-elle ? »
Et les flots se taisaient ou me répondaient : « Non ? »

A qui donc songez-vous, quand sur la calme grève,
Mes yeux tout attristés et de vous orphelins,
Ont désir de vos yeux, car le poète rêve
Sur les lacs pleins d'azur aux yeux d'infini pleins ?

Et que faites-vous donc, et dans quelle fontaine
S'apaise votre soif par ces longs jours d'été,
Quand je suis altéré de vous, coupe lointaine,
Qui me versiez l'amour et la félicité?

O chère coupe! ô chère absente! ô chère amie!
Revenez à l'appel brûlant du voyageur,
Car même au bord des lacs à la face endormie
Je cherche en vain sans vous la paix et la fraîcheur.

Revenez : cette eau bleue à l'éternel sourire
Semble sourire à tous, sauf à l'inconsolé;
Et vous cherchant partout je ne sais que redire :
« Un seul être nous manque et tout est dépeuplé ».

J'ose le répéter, ce vers que Lamartine
Ayant même tristesse, et dans ces mêmes lieux,
Fit sonner autrefois sur sa lyre divine
Au désert de son cœur sous le désert des cieux;

Car les humbles parfois ont aussi leur Elvire,
Car vous êtes pour moi l'immortelle au cœur sûr,
Et vous avez daigné suspendre à mon navire,
Femme et Muse à la fois, votre écharpe d'azur.

Lac du Bourget, août 189...

AU BORD DES NEIGES

Dans ma lettre, ô ma sœur, j'ai mis ses violettes,
Tristes comme l'hiver et comme mon exil;
De Nivôse ce sont les frileuses fillettes,
Dont le pollen glacé mourra sans voir Avril.

Et pourtant sur ces fleurs aux pâles collerettes,
Penchez-vous... et pour vous leur fidèle pistil,
Comme un vase mystique aux profondeurs secrètes,
Donnera son parfum persistant et subtil.

Tel, mon cœur solitaire a des places fanées
Par de longues douleurs et les longues années,
Et d'un froid hivernal il paraît engourdi;

Mais penchez-vous plus bas, allez jusqu'à mon âme,
O bien aimée, et dans ce cœur mal refroidi,
De l'immortel Amour reconnaissez la flamme.

Paris, janvier 189...

DEUX SONNETS DE PÈTRARQUE

I

LA NOSTALGIE DE L'ABSENTE

Fleuve aux rapides eaux, fils d'une alpestre veine,
Qui vas toujours roulant—d'où Rhône on t'a nommé
Tu descends avec moi par le sud réclamé,
Toi, mené par ta pente et moi que l'amour mène.

Puisque ta course échappe à la fatigue humaine,
Va devant; rends aux mers ton flot de bleu gemmé;
Mais un moment fais halte à ce rivage aimé
Où les prés sont plus verts, la brise plus sereine.

Là vit le doux soleil d'où me vient le rayon,
Là sur ta rive gauche, en pays d'Avignon,
Un long printemps fleurit, un printemps venu d'elle.

Ah! de son pèlerin aurait-elle langueur?
Dis-lui, baisant ses pieds de lys et d'asphodèle,
Que mes pas sont tardifs, mais hâtif est mon cœur.

II

LA NOSTALGIE DU CIEL

LA Dame que j'aimais, là-haut s'en est allée...
Et si doux fut son cœur, si chaste sa raison
Qu'elle est montée, ô Dieu! tout droit dans ta maison,
Et des cieux, je l'espère, habite la vallée.

Et toi, mon âme, et toi, suis ta sœur envolée
Dont le départ te rend les clefs de ta prison,
Et rejoins-la, fuyant le terrestre horizon,
Par le plus court chemin, et par Elle appelée...

Te voilà, désormais, du bagage charnel
Libérée, et du coup un peu plus près du ciel;
La saison est venue où tu dois être sage.

Tu vois enfin que tout a pour terme la mort,
Qu'il faut aller très pure au périlleux passage,
Et sur ta nef pieuse entrer légère au port.

L*A* PLAI*N*TE *D*U PO*È*TE G*A*LLUS

DERNIÈRE ÉGLOGUE DE VIRGILE

Au poète Frédéric Plessis.

I

ARÉTHUSE, permets ce chant, labeur suprême.
C'est pour Gallus... et pour Lycoris elle-même.
A Gallus malheureux qui pourrait dénier
Un légitime chant — le plus doux — le dernier?
Et puissent — si ton aide à moi ne se refuse —
Tes eaux, tes claires eaux couler vers Syracuse,
Sans que l'âcre Doris, habitante des mers
A tes flots de cristal mêle ses flots amers!
Inspire, inspire-moi : je te suivrai, commence.
Conte-moi de Gallus l'amoureuse démence.
Mes chèvres cependant tondent les rameaux verts;
Et l'écho de ces bois va répondre à mes vers.

II

Quels vallons inconnus, quelles forêts profondes,
Quand se mourait Gallus, rongé d'un cher souci,
Vous retenait bien loin, Naïades vagabondes,
Bien loin de l'Aganippe et du Parnasse aussi?

Et vous ne pleuriez pas, quand lauriers et bruyère,
Quand le sombre Ménale où croissent les pins verts,
Et même le Lycé, sur sa face de pierre,
Quand tout pleurait sur Lui dans l'immense univers.

Pleuraient, pleuraient aussi, brebis aux cœurs fidèles,
(Puisque aussi les brebis ont gémi de tes maux,
O poète divin, toi, ne rougis pas d'elles,
Car Adonis lui-même a gardé les troupeaux).

Vinrent aussi pleurants, dans leur marche tardive,
Bergers, bouviers, porchers... et chacun à son tour :
« Cet amour, d'où vient-il? » Apollon même arrive,
En criant : « Insensé, d'où te vient cet amour?

« Ta Lycoris ailleurs a porté sa tendresse;
Et des camps — pour un autre — elle a pris le chemin. »
Arrive encor Sylvain qui va portant sans cesse
Plants de fleurs sur la tête et grands lys dans la main.

Le Dieu Pan vint aussi, celui dont le visage
Est barbouillé d'hyèble à la rouge couleur.
Du plus loin qu'il te vit : « Quand seras-tu plus sage?
Crois-tu donc que l'Amour exauce ta douleur?

« Tes pleurs amers, l'Amour avec bonheur les cueille.
Les abeilles jamais n'eurent assez de fleurs;
Les rives, de gazon, et les chèvres, de feuille...
Et le cruel Amour jamais assez de pleurs. »

III

Mais lui plein de tristesse : « O chantres bucoliques,
Pasteurs Arcadiens, pleurez, pleurez mes maux,
Vous experts à souffler notes mélancoliques
　　　　Au creux des chalumeaux!

Ah! combien mollement reposera ma cendre,
Si plaignent vos pipeaux mes amours douloureux!
O Dieux! dans vos vallons j'aurais bien dû descendre,
　　　　Heureux, chez des heureux!

Berger ou vendangeur, amis, je serais vôtre;
Et couché sous le saule, Amyntas m'aurait plu,
Amyntas ou Phyllis, ou peut-être quelque autre,
　　　　Si quelque autre eût voulu?

— Mais Amyntas est noir? — Après? La violette
Est-elle moins aimable en ses mauves couleurs?
Amyntas a des chants, et Phyllis pour ma tête
　　　　Aurait tressé des fleurs...

O bois ombreux, forêts où j'aurais voulu vivre,
Vivre seul avec toi, Lycoris?... O gazons,
O sources aux flots clairs dont la fraîcheur enivre,
　　　　O mes chers horizons!

Vivre seul avec toi!... Mais non, un Dieu t'entraîne
Sous les drapeaux de Mars et les coups de l'airain;
Et là te meurtriront, ma frêle souveraine,
      Les Alpes ou le Rhin?

Et tu souffres sans moi!... Que celle qui me laisse
Ait au moins son beau corps par le froid respecté!
De ses pieds délicats, que nul glaçon ne blesse
      La tendre nudité!

J'irai... Sur les pipeaux du berger de Sicile,
Et dans le rythme doux de l'homme de Chalcis,
Je veux, docile amant, et disciple docile,
      Moduler mes soucis.

J'irai... je graverai mes amours sur les chênes;
Et vous croîtrez, amours, quand les chênes croîtront;
Et les nymphes nouant leurs bras, riantes chaînes,
      Dans leurs chœurs m'agréeront.

J'irai... fauve chasseur tuant la bête fauve,
Prenant son arc au Parthe, et sa flèche au Crétois;
J'irai... mais à quoi bon? de l'Amour rien ne sauve,
      Ni les chants, ni les bois.

Le Dieu cruel se rit de notre humaine race;
Et personne ne peut fléchir son cœur de fer,
Ni dans le Sud brûlant, ni dans la froide Thrace,
      Ni l'été, ni l'hiver.

Sous les neiges du pôle ou le soleil d'Afrique,
L'Amour est le tyran de quiconque a vécu;
Et secouer son joug est chose chimérique,
            Et je suis son vaincu ! »

IV

Piérides, finissons. C'est assez, ô déesses,
Qu'en ce mode plaintif aient gémi mes tristesses,
Tandis que l'osier souple, en mes doigts prisonnier,
Arrondit la corbeille et creuse le panier.
Qu'ils soient doux à Gallus ces vers où je le pleure,
A ce Gallus que j'aime un peu plus d'heure en heure,
Et pour qui mon amour grandit avec le temps,
Comme les aulnes verts grandissent au printemps.
Levons-nous, levons-nous : comme aux fruits de la terre,
A qui chante couché l'ombre est peu salutaire.
L'ombre du genévrier est pesante à nos fronts.
Chèvres, assez brouté : voici le soir, rentrons.

AMOUR ET SOUFFRANCE

A Gabriel Audiat.

Tu souffres : bénis ta détresse.
La douleur en bonté mûrit;
C'est pour le cœur une richesse,
Une lumière pour l'esprit.

Bénis cette sombre tourmente
Dont tes agrès sont ravagés;
Ta voile en sera plus clémente
Au sort des autres naufragés.

Et ta nacelle aux flots en proie,
Comprendra mieux le cri d'appel
Que la vague à la rive envoie,
Que la rive renvoie au ciel.

Fraternité de secourance,
C'est toi qui rends les maux moins lourds,
Qui fais des lèvres l'attirance,
Et des yeux tendres le velours!

Poète, ou disparais du globe
Ou sache encore aimer, souffrir;
Quand rien ne bat plus sous sa robe,
Le *vates* n'a plus qu'à mourir.

En toute saison de la vie,
Aux saintes amours livre-toi,
Car la nature t'y convie,
Et Dieu même t'en fait la loi.

Si le vrai Dieu s'appelle *Idée,*
Surtout, surtout il est *Amour ;*
Et sa silhouette, accoudée
Au balcon de l'astral séjour,

Sourit aux hommes, paternelle ;
Et les hommes voient clairement
Leur ciel futur en sa prunelle,
Surtout, surtout un ciel aimant.

DEUX IMPÉRATRICES

ÉLISABETH ET EUGÉNIE

A Mademoiselle Blaze de Bury.

Au riant cap Martin les mornes souveraines
Venaient, sœurs de douleur et sœurs de cette mer ;
Car ainsi que ces flots elles furent sirènes,
Et leur cœur ainsi qu'eux est un abîme amer.

Leur manteau de joie à l'impériale traîne
Flamba, soudain touché d'une flamme d'enfer ;
Et, sous les bagues d'or, leur main si pâle égrène
Un rosaire de pleurs aux dizaines de fer.

Et maintenant, dressez une prompte civière,
Car un poignard guettant la rose de Bavière
Près d'un lac helvétique a tranché son destin.

Et l'autre, encor plus triste et dès lors sans compagne,
Ira s'effeuiller seule aux bords du lac latin,
Lamentable et fané chrysanthème d'Espagne !

LE « LAC D'AMOUR » A BRUGES

A Franz Raiwez.

LE « lac d'Amour »! Ce nom me surprit tout d'abord;
  Car ici n'a pleuré nul immortel poète;
Elvire, une autre plage a vu ta silhouette,
Ta lampe d'or, Héro, luit sur un autre bord.

Mais, vivant pour Dieu seul, et pour la terre mort,
Un placide couvent, tout près de l'eau quiète,
Brûlait d'une ferveur extatique et muette.
O *flamma suavis, fortunatus amor!*

Et lors, je compris tout. C'était le béguinage
Qui fit à cet endroit, mystique parrainage,
Si poétiquement baptiser le canal.

Les colombes du Christ, roucoulantes voisines,
D'invisibles baisers peuplent l'étang banal;
Et le vrai lac d'Amour... c'est le cœur des béguines.

NATURE DE NOVEMBRE

Au poète Édouard Grenier.

Nature de novembre et chère au chrysanthème,
Fleur de teinte adoucie et de moindre parfum ;
Nature de Toussaint et de tout deuil, je t'aime
Dans ta beauté fragile et ton éclat défunt.

Car tu te sens mourir et tu souris quand même ;
Et tes attraits, en vain, se fanent un par un,
Ton soleil te courtise avant l'adieu suprême
Et, d'obliques rayons, frange ton manteau brun.

Là-bas, sur les coteaux, s'enfuit vendémiaire,
Mais sur tes pampres veufs reste un peu de lumière ;
Et tes verts sont éteints, mais deviennent des ors,

Et tu tiens en réserve, ô très noble victime,
Pour le cœur des vivants une allégresse ultime,
Comme d'ultimes fleurs pour la tombe des morts.

ÉPILOGUE

Speravit anima mea.

La route est déjà longue où mes pas ont marché;
Et j'ai souvent, hélas! trébuché sur la route,
Et l'eau de mon baptême a fui goutte par goutte,
Et septante-sept fois j'ai péché, j'ai péché.

Mais la haine du moins n'aura jamais touché
Mon cœur; et Celui qui nous voit et nous écoute,
Me sachant pitoyable, aura pitié sans doute,
A l'heure de ma mort, du moribond couché.

Je ne suis sûr de rien, hors de son indulgence;
Et c'est le renier que croire à sa vengeance :
Le vrai Dieu, le vrai Dieu, c'est le Dieu de bonté !

Pour mes frères en Lui, comme pour moi, j'espère
Qu'après le sombre exil la cloche de clarté
Sonnera le retour dans la maison du Père.

Table

TABLE

II. — PATRIOTIQUES ÉTAPES

LA GRANDE PATRIE (FRANCE!)

LA PETITE PATRIE (DAUPHINÉ!)

III. — LES GRADINS DU THÉATRE

SACRIFICE

TABLE 209

IV. — LES HALTES D'INTIMITÉ

JOURS DE FÊTES

LITANIE DES JOURS BÉNIS

JOURS MÉLANCOLIQUES

Achevé d'imprimer

le vingt-six décembre mil huit cent quatre-vingt-dix-neuf

PAR

ALPHONSE LEMERRE

6, RUE DES BERGERS, 6

A PARIS

5. — 3412.

POÈTES CONTEMPORAINS

Volumes in-18 jésus. — Chaque volume : 3 fr.

Paris. — Imp. A. LEMERRE, 6, rue des Bergers. — 4.-3412.

www.ingramcontent.com/pod-product-compliance
Lightning Source LLC
Chambersburg PA
CBHW061455030726
47503CB00005B/1713